나를 홀린 글쓰기 32

국립국어원 맞춤법을 따르되, 글맛을 살리기 위해 대화 등 일부는
지은이 고유의 표기를 반영합니다.

나를 홀린 글쓰기 32

책이 전하는 창의적 영감

고선애 강민주 김경희 신주희 이명희 이수경 전옥랑

글을 향한 열망, 더 나은 글을 쓰고 싶다는 간절함이
32권의 책을 타고 담담히 흘러넘쳤다.

ㅇㅅ

글을 써서 인정받고 존경받고 싶다면

그에 어울리는 내면을 가져야 한다.

그런 내면을 가지려면 그에 맞게 살아야 한다.

- 유시민의 '글쓰기 특강'에서 -

32권 책을 타고 흘러넘친 글에 대한 진심

작법서 읽는 것 자체를 즐기지만 일일이 찾아 읽지는 못한다. 그러면서도 끊임없이 궁금한 게 작법서다. 세상에 딱 떨어지는 '글 잘 쓰는 법' 같은 건 결국 없다는 걸 알면서도 어디 뭐 기가 막힌 방법이 없나 싶어 늘 글쓰기 책 코너를 기웃거린다. 누군가 이럴 때 요약정리 좀 해주면 좋겠다 싶다. 오신나가 건네준 '나를 홀린 글쓰기 32'은 제목부터 그런 내 사심을 채우기에 충분했다. 아니 이들이 이런 주제로 글을 쓴다는 것을 알기 시작했을 때부터 이미 서른두 권의 책을 다 읽은 것처럼 든든했다. 일곱 명의 작가가 각자 나름으로 소화해 요점만 알기 쉽게 쏙쏙 보여주리라 기대했기 때문이었다. 평소에 읽고 싶었지만 아직 읽지 못한 책이 목록에 꽤 있었기에 기대는 더했다. 어디에서 어떤 면에 홀렸는지,

어떻게 작가 자신의 언어로 풀어 그 팁을 소개했을지 궁금했다.

완성된 원고를 받고 한장 한장 넘겨 가며 사심은 진심이 되고, 궁금증은 감동이 되었다. 가슴이 뭉클해지고 눈물이 찔끔 나기도 했다. 리뷰인 줄 알았지만 에세이였고, 오신나 작가들은 '리뷰어'가 아니라 과연 '에세이스트'였다. '작법서'를 다리 삼아, 정작 말하고 싶었던 그들의 글을 향한 열망, 더 나은 글을 쓰고 싶다는 간절함, 글 속에 담긴 진심이 32권의 책을 타고 담담히 흘러넘쳤다. 글을 읽으며 여러 번 고개를 끄덕였다. 좋은 글을 쓰고 싶은 오신나 일곱 작가의 마음을 읽었다. 서른두 권 작법서의 요점은 일곱 작가의 손에서 하나로 빚어져 글 쓰는 이 모두에게 글에 대한 진심을 전하고 있었다.

<에세이 클럽>이라는 이름으로 오신나 작가들을 만난 지 벌써 3년이 되어간다. 진작에 뿔뿔이 흩어지고도 남았을 시간을 지나 지금껏 여덟 명의 작

가가 '함께' 글을 써왔다.(여덟 작가 중 한 명은 개인 사정으로 이번 책에 함께 하지 못했다.) 같은 카톡방에서 글을 올리고 의논하고, 좌절했다가 격려하고, 넘어졌다 다시 일어나 글쓰기를 자그마치 1,000일이 넘게 해오고 있다. 그동안 첫 번째 공저 '일상의 사소함이 특별함이 되는 순간'이 2023년 크리스마스에 선물처럼 출간되었고, 두 번째 공저가 이렇게 출간을 앞두고 있다. '글로 만난 사이'를 넘어서 '책으로 묶인 사이'가 되었다. 오래도록 한 권의 책 속에 함께 자리 잡을 이름들. 그것만도 놀라운 일인데 이제 곧 두 권의 책으로 묶인 사이가 된다. 이것은 단지 '두 번째'에 대한 호들갑이 아니라, 그동안 이들의 글이 얼마나 성장했는지, 글을 쓰는 자로서 얼마나 내적으로 단단해졌는지를 목도하는 이로서의 감탄이다. 그렇기에 더욱 감사하고 더욱 기대된다. 이들의 현재와 이들의 앞으로가 어떠할지. 어떤 발전을 이루어갈지, 그들의 여정 가운데 함께 하고 싶다. 오신나 여덟 작가의 손을 놓지 않고 같이 한 걸음 한 걸음 걸어가고 싶다. 그 길 끝에 무엇이 있을지 궁금하다.

"포기하지 않고 쓰다 보면 땀과 눈물은 결코 쓰는 사람을 배신하지 않을 것이다."

- 본문 중에서 -

메릴랜드에서 임 수 진

다시 걷는 길

우리는 왜 책을 내야겠다는 마음을 먹었을까? 질문에 답하기 위해선 초심을 짚어보아야 할 것 같다. 글을 쓰기 위해 모인 우리는 목표가 있어야 지속력 있게 써나갈 수 있다는 의견을 모았다. 그 목표가 바로 다 같이 쓴 글을 책으로 묶어두자는 것이었다.

첫 번째 공저 『일상의 평범함이 특별함이 되는 시간』을 출간한 이후에도 오신나(오묘하고 신비한 나의 글쓰기) 에세이 클럽 회원들은 쓰는 일을 멈추지 않았다. 함께 쓰는 매력에 빠진 것이다. 다 같이 쓰는 일을 지속하다 보니 좋은 글을 쓰고 싶다는 욕심이 생겼다. 그래서 각자 시중에 나와 있는 글쓰기 책을 한 달에 한 권씩 골라 읽었다. 읽은 책 중에서 인상 깊게 다가온 내용을 자신의 언어로 표현해 보았다.

　　글쓰기 책을 읽다 보면 작가들이 공통으로 하는 이야기가 있다. 글 쓰는 법을 배운다고 해서 글을 잘 쓰게 되는 것이 아니라는 말이다. 많이 읽고 많이 쓰는 것 외에는 글 잘 쓰는 방법을 안내하는 책도, 글쓰기를 지도하는 강의도 도움이 안 된다는 것이다. 이름있는 작가들이 이런 주장을 한다고 해도 글 쓰는 사람들에게 작법서는 유용한 면이 있다. 글 잘 쓰는 방법을 배운다고 해서 글이 술술 써지는 것은 아니겠지만, 작가들이 말하는 방법들은 글 쓰는 사람들에게 이정표가 되기도 하고, 쓰고 싶은 마음을 불러일으킨다.

　　이 책은 32권의 작법서를 소개하고 있다. 시대를 막론하고 꾸준히 읽히고 있는 작법서, 태어날 때부터 재능을 타고난 작가들의 글쓰기 방법론, 아울러 요즘 유행하고 있는 글쓰기 책을 통해 배우고 익힌 것들을 발췌한 후에 우리의 생각을 곁들였다.

책의 목차는 시간의 흐름에 따라 읽었던 책을 순서대로 실었다. 책을 읽고 자신의 언어로 써내는 과정은 모두에게 부담스러운 일이었지만, 차곡차곡 원고가 쌓이면서 우리 모두 성장하고 있음을 느꼈다. 무엇보다 꾸준히 써야 좋은 글을 쓸 수 있다는 것, 지금 쓰고 있는 글을 잘 쓰는 것이 다음 글도 잘 쓸 가능성으로 연결된다는 점을 마음 깊이 새기게 되었다.

『나를 홀린 글쓰기 32』이 읽는 이들에게, 글 쓰는 이들에게 단 한 줄이라도 도움이 된다면 감사할 일이다. 이 책이 나오기까지 함께 수고한 고선애, 강민주, 신주희, 이명희, 이수경, 전옥랑 작가에게 감사의 박수를 보낸다. 또 메릴랜드에서 오신나를 늘 응원하며 집필 활동 중인 임수진 작가에게도 고마운 마음 전한다.

김경희

문학은,

하루아침에 이루어지는 게 아니기 때문에

풀의 길을 가는 자는 소멸할 것이고

나무의 길을 가는 자들이 숲을 이룹니다.

- 김형수의 '삶은 언제 예술이 되는가'에서 -

1장

나는 왜 쓰는가

조지 오웰

김경희

글 쓰는 사람이라면 누구나 '나는 왜 쓰는가'라는 질문 앞에 서 본 적 있을 것이다. 나 또한 왜 글을 써야 하는지 고민하던 때가 있었다. 고민하는 시간은 그리 길지 않았다. 왜 쓰는지에 대한 고민보다 무엇을 쓸지에 대해 고민하는 것이, 생산적이겠다는 생각 때문이었다. 그러던 차에 글 쓰는 동기를 뚜렷이 밝히고 있는 조지 오웰의 글을 읽고 나서 깨달았다. '왜 쓰는가'와 '무엇을 쓰는가'는 일맥상통한다는 사실을.

조지 오웰은 '나는 왜 쓰는가'에서 글 쓰는 네 가지 동기를 밝히고 있다. 첫째는 똑똑해 보이고 싶은 순전한 이기심이다. 그는 사람들의 입에 오르내리며 이야깃거리가 되고 싶은 마음, 죽어서도 사람들의 기억 속에 남고 싶은 마음, 어린 시절에 무시당했던 어른들에게 보란 듯이 갚아주고 싶은 이기심이 글 쓰는 동기라고 했다. 글을 쓴다는 것은 허영심에서 출발하는 것일지도 모르겠다. 나를 표현하고 싶은 마음도 엄밀히 따져보면 타인에게 인정받고 싶고, 자신의 글솜씨를 자랑하고 싶은 동기에서 출발하니까 말이다.

두 번째 동기는 우리가 만나는 아름다운 것들을 낱말의 적절한 배열을 통해 인식하는 미학적 열정이라 했다. 멋진 산문을 써낸다는 것은, 자신이 경험한 바를 매력적인 단어와 문구를 연결해서 완성하는 과정이다. 글 쓰는 사람은 더 아름답고 독자들의 마음을 사로잡을 수 있는 단어를 찾느라 고민

한다. 이런 과정이야말로 견고하고 훌륭한 이야기를 만드는 원동력이 될 것이다.

세 번째 동기는 후세를 위해 진실한 것을 보존하고자 하는 역사적 충동이라고 했다. 있는 그대로 보고 진실을 알아내고자 하는 욕구는 정의로움이다. 우리 주변을 에워싸고 있는 왜곡된 일들을 바로잡아 거대한 세력에 맞서서 기록하는 정의로움은 용기 있는 행동이다. 이런 태도가 글 쓰는 동기였다고 하니 조지 오웰이야말로 불같이 맹렬한 정신을 소유한 사람이었다. 진실을 알아내고자 하는 욕구는 그에게 소명의식이었으리라.

네 번째 동기는 더욱 나은 사회를 만들기 위해 투쟁할 수 있도록 사람들의 생각을 바꾸려는 정치적 목적이라고 했다. 조지 오웰은 "맥없는 책들을 쓰고, 현란한 구절이나 의미 없는 문장이나 장식적인 형용사나 허튼소리에 현혹되었을 때는 어김없

이 정치적 목적이 결여된 때였다."(한겨레출판, 2010, 300
쪽) 라고 고백하고 있다. 그가 문학적 본능을 거스르
지 않으면서도 모든 진실을 말하기 위해 애썼고, 기
발하게 쓰기보다 정확하게 쓰려고 노력했던 이유
는 후대에 전해질 역사의 진실이었다. 그는 자신이
쓴 글이 조금이라도 나은 사회를 만들어가는 촉매
제로 사용되기를 바랐다.

조지 오웰과 내가 처한 시대적인 상황은 다르
지만, 글 쓰는 사람으로 가져야 할 작가 의식에 대
해서 생각해 본다. 사회적인 부조리를 직시하고 억
울한 일에 처해있는 사람들의 편이 되어 줄 수 있는
정당한 도리, 무고한 사람들이 당하고 있는 부당함
을 고발해 줄 수 있는 용기, 왜곡된 진실을 정확하
게 바라볼 수 있는 눈과 그것을 적절하게 표현해 낼
줄 아는 문학적인 본능이 글 쓰는 사람에겐 필요한
것 같다.

또한 글 쓰는 일에 인생을 걸었던 조지 오웰, 자신이 처한 당대의 계급의식과 전체주의 풍토를 특유의 비유와 유머로 비틀고 풍자했던 조지 오웰을 통해서 불쾌한 사실을 직시하는 능력 또한 필요함을 느낀다. 시대 상황에 맞서 치열하게 펜을 휘둘렀던 조지 오웰의 글을 읽으며 뒤돌아본다. 유행처럼 번지고 있는 글쓰기의 열풍 속에서 나의 글은 어디를 향하고 있을까? 세상에 필요한 글은 쓰지 않고 감정의 허우적거림이 심한 글쓰기, 경험한 일들을 미사여구로 포장하기에 급급한 글쓰기, 인기몰이를 위해 포장하고 자랑을 일삼는 글을 쓰고 있지는 않은지 돌이켜 본다.

어른의 문해력 김선영

신주희

유아용 그림책부터 벽돌 책까지 장르 불문, 손에 잡히는 대로 책을 읽고 있다. 쉽다고 생각한 그림책에서 주제를 찾지 못하거나, 독서 모임에서 같은 책을 읽고 남들과 다르게 동문서답을 할 때가 있다. 독자에 따라 다른 해석이 나올 수 있다는 점이 책 읽는 재미이겠지만, 내가 읽는 대부분의 책 내용을 온전히 이해하지 못한다는 것을 나는 알고 있다. 다독도 중요하지만 한 권이라도 작가의 의도를 제대로 알고 글을 이해하는 능력, 즉 문해력을 키울 필요성을 느낀다. 부족함을 채워야겠다는 욕구 때문이었을까. 『어른의 문해력』 작가 소개란에 적힌 '읽고 쓰는 능력을 동시에 거머쥐고 싶은 당신을 생각하며 이 책을 썼다'라는 문장 속에 '당신'이 바로 '나'였다. 나를 생각하며 썼다니, 이 책을 안 읽을 수 없었다.

김선영 작가가 소개하는 문해력은 헬스 트레이닝 1:1 PT 형식으로 훈련한다.

1장 스트레칭 week

2장 어휘 근육 week

3장 독서 근육 week

4장 구성 근육 week

5장 문해력 체력장 week

저자는 총 5장 8주간 프로그램을 통해 문해력 근육 만드는 방법을 소개하면서 장마다 '문해력 PT' 코너를 통해 배운 내용을 바로 활용할 수 있게 한다. 첫 장 문해력 PT인 문해력 체급 측정은 독자를 현타에 빠뜨린다. 나 역시 저질 문해력 체력이라고 예상은 했지만 좋지 않은 결과를 인정하고 싶지 않았다.

〈 어휘력 부문 〉

다음 중 뜻을 아는 단어는 몇 개인가요?
체크하고 뜻을 써보세요.

향유하다 / 반추하다 / 핍진하다 / 이울다
달뜨다 / 자별하다 / 진작하다

(블랙피쉬, 2022, 17쪽)

세 부문 중 가장 낮은 점수였던 어휘력 부문 문제이다. 알듯 말듯 아리송한 단어들의 뜻을 모두 글로 적어내지 못했다. 그 어렵다는 빵점을 맞았다. 세 부문의 테스트를 마치고 1.66666 점수를 받았다. 자연수가 1이니 1급이라고 우기고 싶었지만, 작가는 친절하게 '소수점 이하는 반올림'이라고 적어두었다. 재미로 해본 체급 측정이었지만 내가 부족한 부문을 정확히 알게 되었다. 약한 부문을 파악했으니 강하게 만드는 방법이 궁금해져 자연스럽게 이 책에 몰입할 수 있었다. 그래서 그랬을까? 학창 시절 국어 수업처럼 노트에 메모하며 책을 읽었다.

모든 장이 도움이 되었지만, 특히 내가 부족한 어휘력을 다룬 2장 어휘 근육 편이 인상 깊게 남았다. 단어 스무고개와 유의어·반의어 찾기를 통해서 단어의 뜻을 정확히 아는 방법을 배웠다. 문장을 통해 모르는 단어의 뜻을 유추하는 방법도 배웠다. '구메구메', '몽니', '애면글면' 등 책을 통해 한글이 귀엽게 느껴졌다. 이렇게 예쁜 단어들을 알게 되어 행복했고 글을 쓸 때 순우리말을 많이 써야겠다고 마음먹었다.

"35년 차 카피라이터 정철은 어휘력은 치열함이라고 고백합니다. 어휘력은 치열하게 고민해야만

발전합니다."(블랙피쉬, 2022, 68~69쪽) 책에 인용된 카피라이터 정철과 작가의 말에 고개를 끄덕였다. 김선영 작가는 장마다 자신의 노하우를 쏟아냈다. 이 책을 읽는 독자라면 쉽게 실천할 수 있는 책 읽는 방법, 글 쓰는 방법을 친절하게 알려준다. 그 독자 중 한 명인 나도 작가가 제시한 '문해력 PT' 문제를 풀면서 조금 더 잘 쓸 수 있겠다는 자신감이 생겼다. 단 하나 아쉬운 점은 문해력 체력장 채점을 직접하니 나도 모르게 점수를 후하게 준다는 것이다. 만약 김선영 작가라면 나의 글과 답에 몇 점을 줄까?

책을 다 읽고, 읽기와 쓰기도 작가가 말하는 '들어오고, 숙성하고, 나가고'의 문해력 키우기 과정을 따라가야겠다고 다짐했다.

단편소설 쓰기의 모든 것   데이먼 나이트

이수경

어느 날 갑자기 소설이 쓰고 싶어졌다. 어쩌면 여러 가지 이야기가 깊숙이 숨어 있다가 꺼내 달라고 아우성치는 것 같았다. 저장해 둔 글감 서랍에서 이야깃거리를 하나 꺼내 쓰기 시작했다. 그런데 생각했던 것만큼 진도가 나가지 않았다. 분명 머릿속에는 등장인물과 대강의 줄거리와 결말까지 들어있었지만, 빈 화면 한 장을 채우는 것마저 힘들었다. 새로운 장르에 도전하는 것이니 공부가 필요했다.

『단편소설 쓰기의 모든 것』의 데이먼 나이트는

SF 작가이자 30년간 소설 창작을 가르친 글쓰기 교사다. '궁극의 소설 쓰기 바이블'이라는 부제를 읽으며 단편소설 쓰기에 실질적인 도움을 받을 수 있기를 기대했다. 하지만 초심자의 기대를 작가는 서두부터 부숴버린다. '소설 쓰는 법은 스스로 터득하는 것이지 누구에게 배워서 알 수 있는 게 아니다'라고 단언한다. 그렇다고 해도 이론적인 토대를 닦아두면 잘 짜인 소설을 쓰는 데 분명 도움이 될 것이다.

소설을 시작할 때는 텐트를 설치하는 것처럼 인물, 상황, 장소, 감정이라는 네 개의 지지대가 필요하다. 그 가운데에 텐트 폴이 있어야 하는데 이것이 '주제'이다. 글을 쓰다 보면 자신도 모르는 사이에 무언가를 되풀이해 말하고 있는 것, 이것이 바로 주제이다. 독자들은 세상의 의미에 대한 답을 기대하며 문학 작품을 읽는데, 그 의미는 독자의 해석에 따라 달라질 수 있다. 지나치게 눈에 띄게 주제를 강조하는 것보다는 독자가 해석할 수 있는 여지를 남겨두는 것이 좋다.

우리는 보통 논픽션에서는 진실을 기대하고, 픽션에서는 재미를 담고 있기를 기대한다. 하지만 재미를 위해 우연의 연속이나 작위적인 상황을 늘어놓기만 하고, 허구의 이야기 속에 진실을 담지 않으면 독자를 감동시킬 수 없다.

다른 장르와 달리 소설은 단순한 이야기의 나열이 아니라 갈등 구조가 있어야 한다. 머릿속 아이디어가 단순한 스케치나 일화에 불과한 것 같으면 감정적인 관계와 장애물을 집어넣어 소설로 만들어야 한다.

플롯은 기대감을 자아내기 위해 고안된 가공된 사건이다. 플롯이 있는 소설은 예측하기 쉬운 이야기가 될 수 있다. 독자는 소설의 결말에서 갈등의 해결이나 사건의 진상, 반전 등을 기대한다. 뻔한 플롯으로 흘러가서 흥미를 반감시키지 않도록 작가는 고민을 거듭해야 한다.

작가를 꿈꾸는 이에게 데이먼 나이트의 메시지를 전하고 싶다.

"글쓰기 재능은 생각보다 훨씬 흔하다. 아주 평범한 재능을 지니고 있으면서도 확고한 의지를 가지고 부단히 노력해 프로 작가로 성공한 사람들도 봤다."(다른, 2017, 10쪽)

이는 비단 소설 분야에만 국한되는 것은 아닐 것이다. 어릴 때는 노력하는 사람이 천재를 이기지 못한다고 생각했지만, 살아갈수록 끈기와 노력의 중요성을 알게 된다. 포기하지 않고 쓰다 보면 땀과 눈물은 결코 쓰는 사람을 배신하지 않을 것이다.

묘사의 힘

이명희

블로그 글쓰기, 글쓰기 모임, 브런치 스토리 작가 되기, 에세이 작가 되는 방법 등 코로나19가 발생하고 사회적 거리를 두는 사이 글쓰기에 관한 관심이 높아졌다. 예전보다 작가가 되고 싶은 사람이 많아졌고, 작가가 되는 방법 또한 어렵지 않아 도전하는 이들이 많아졌다. 그래서일까. 해외에 거주하고 있는 분이 말하길, 한국에서 책을 읽는 이유는 작가가 되기 위한 코스라고 했다.

책을 읽다 보니 나도 자연스럽게 '글을 써볼까'라는 생각이 든다. 누구나 한 번쯤 생각하는 글쓰기지만 실전에 돌입하면 쉽지 않은 과정이다. 아이들 역시 글쓰기를 하자고 하면 바로 "싫어요!"라는 말이 나올 정도다.

글쓰기를 잘하는 방법이 있을까? 작가들은 일단 닥치고 쓰라고 강조한다. 글을 써야 내 글이 어느 정도의 수준인지 알 수 있다. 무작정 글을 썼다고 가정하면 다음은 어떻게 해야 할까? 내 글을 읽고 또 읽으면서 수정해야 한다. 어떤 작가의 글을 읽다 보면 짧은 글이지만 인상 깊게 남는 글이 있다. 왜일까? 『묘사의 힘』에서 저자가 강조하는 '보여주기'식 글을 썼기 때문이다. 무라카미 하루키가 『잡문집』에 소개하는 '굴튀김'이 그렇다. 굴튀김을 싫어하는 사람도 굴튀김이 먹고 싶다는 욕구가 생긴다. 하루키는 굴튀김에 대해서 젓가락으로 그 튀김옷을 둘로 툭 자르면 그 안에 굴이 여전히 굴로 존재하는 것을 알 수 있다고. 빛깔도 굴, 형태도 굴이라고 표현하고 있다.

평범한 글을 맛깔스럽게 표현할 방법은 묘사다. 이 책에서는 묘사를 말하지 않고 보여주는 것이라고 강조한다. 13장 중에서 4장은 보여주기식 기술에 관해 서술한다.

말해주는 글을 보여주는 글로 고쳐 쓰는 법에 대해 상세히 설명한다. '보여주기'식 기술에는 9가지 방법이 있다.

첫째, 오감을 활용하라.

둘째, 힘이 강하고 역동적인 동사를 사용하라.

셋째, 구체적인 명사를 사용하라.

넷째, 인물의 행동을 작게 쪼개라.

다섯째, 비유를 사용하라.

여섯째, 실시간으로 활동을 보여주라.

일곱째, 대화를 사용하라.

여덟째, 내적 독백을 사용하라.

아홉째, 인물의 행동과 반응에 초점을 맞추라.

아홉 가지 방법 중에서 힘이 강하고 역동적인 동사를 사용하라는 방법이 솔깃하다. 글에 생동감을 불어넣기 위해서는 구체적으로 어떻게 움직였는지 보여주라는 것이다.

"비쩍 마른 한 남자가 너무 커 보이는 외투를 입고 있었다."(말하기식 문장)를 보여주기식 문장으로 고쳐보면 어떻게 될까?

"외투가 남자의 몸에 헐겁게 늘어졌다."(월북, 2021, 38쪽)

말하기식 문장은 하나하나 그 사람의 외형적 상태를 표현했다면 보여주기식 문장은 깔끔하게 어떤 상태인지 독자가 상상할 수 있는 문장이다. 어려운 듯하면서도 어렵지 않게 다가온다. 긴장감을 쌓아 올리고 싶은 장면에서는 힘이 강한 동사를 이용하여 인물이 걸을 때 어떤 느낌인지 보여주라고 설명한다.

재미있고 흥미로운 글은 독자가 다음 장면이 궁금해서 책장을 넘기기에 바쁘다. 소설이든 에세이든 장르는 상관없다. 작가는 독자가 원하는 것이 무엇인지 인지해야 한다. 복잡하고 세세하게 표현하기보다는 글을 읽으면서 이미지가 떠오르는 글이 기억에 남는다. 이것이 바로 묘사의 힘이다. 내 글이 작품이 되길 원한다면 묘사의 힘을 믿고 써야 한다. 그러면 독자들이 읽을 때 맛깔스러운 글이 될 것이다.

글쓰기의 최전선 은유

전옥랑

책을 읽으며 다른 사람의 인생을 살아보고 공감하는 것. 은유 작가의 『글쓰기의 최전선』이 그랬다. 그녀는 글을 쓰는 것은 나를 대면하고 나 자신의 언어로 삶을 살아내는 것이라고 했다. 삶에 관대해질 것, 상황에 솔직해질 것, 묘사에 구체적일 것. 그녀의 이야기대로라면, 아니 사실 글을 쓰다 보면 삶에 관대해진다. 내 경우가 그랬다. 글을 쓰기 시작하면서 삶의 모든 방식에 대해 관대해졌고, 어떠한 갈등이 생겼을 때 다른 사람의 입장에서 바라보게 됐다.

"글 쓰는 일이 작가나 전문가에게 주어지는 소수의 권력이 아니라 자기 삶을 돌아보고 사람답게 살려는 사람이 선택하는 최소한의 권리이길 바란다."(메멘토, 2022, 44쪽)라는 작가의 말처럼 자신만의 언어로 내 삶을 나타낼 때, 진실한 언어로 나의 삶을 드러낼 때 삶이 '고유'라는 정체성으로 재탄생하는 게 아닐까?

글을 쓰면서 안 좋은 버릇이 하나 생겼다. 자기검열이다. 아무것도 모르는 상태에서는 남의 눈을 의식하지 않고 그냥 썼다. 하지만 글에 대해 조금씩 배우면서 글을 더 잘 쓰고 싶은 마음과 함께 자기검열이 훅하고 들어왔다. 은유 작가는 이러한 부분에 대해서도 글쓰기 초기 과정은 질보다 양이라는 이야기와 함께 나 자신을 인정해야 한다고 말한다.

은유 작가는 이성복 시인의 '나보다 더 잘 쓸 수도 없고 더 못 쓸 수도 없다'는 표현을 이렇게 설명한다. 글쓰기에 요행은 없다고. 요행처럼 보이는 일만 있을 뿐이라고. 꼭 나에게 하는 말 같아 가슴 깊이 새겼다.

결국, 글을 잘 쓰는 방법은 부단한 노력과 연습이 동반되어야 한다. 삶에 관대하여 다른 이의 삶을 들여다볼 줄 알고 상황에 솔직하여 진실하게 쓰며 기억을 복구하여 묘사에 구체적일 것. 그리고 이런 바탕 아래 부단히 읽고 쓰는 연습을 해야 함을 강조한다.

읽는 책에 대해서도 은유 작가는 술술 넘어가는 읽기 좋고 쉬운 책이 아닌, 다소 어렵더라도 좋은 책을 읽어야 한다고 말한다. 알고 있는 이야기인데도 실천하지 못하는 내가 떠올라 뜨끔했다. 사실 내가 그동안 읽었던 책들은 편하게 읽을 수 있는 것들이 대부분이었다. 다른 사람이 이야기하는 고전이나 명작은 어려운 책으로 치부해 버렸다. 하지만 우리가 좋은 글을 쓰기 위해서는 좋은 책을 통해 글을 보는 안목을 기르고, 세상에 대한 통찰을 키우는 것이 전제되어야 한다고 작가는 말한다. 어려운 책을 깊이 있게 읽어내고 그에 대해 심오하게 생각하며 나만의 생각을 정립하는 과정. 그 과정을 통해 생각의 깊이가 깊어지고 마음의 넓이가 넓어지는 삶을 살아낼 때 조금 더 고유의 정체성을 가지고 살아갈 수 있지 않을까?

글쓰기의 최전선을 통해 조금 더 어려운 책을 읽어보려는 목표가 생겼다. 그리고 부단한 노력을 해보려 한다. 더불어 제정신으로 살기 힘든 세상이지만 그래도 세상은 살만한 곳이라는 것을, 글을 통해 느끼고 싶다.

"고유한 취향을 가진 사람들이 많을 때 사회적 서정이 높아지고, 타자를 이해하는 감수성이 길러지지 않을까. 그러면 온갖 끔찍하고 야만적인 갑질 사건이 잦아드는 사회가 되지 않을까."(메멘토, 2022, 107쪽)

글쓰기란,

일종의 작업을 행하는 것으로서

바로 종이 위에 이루어내는

소통의 작업이다.

- 바버라 베이그의 '하버드 글쓰기 강의'에서 -

2장

이렇게 작가가 되었습니다   정아은

강민주

'그럼에도 불구하고, 작가가 되고 싶은 이들에게 권하는 책'

　가난한 이혼녀였던 조앤 롤링이 시련과 고통의 시간을 이기고 세계적인 베스트셀러 『해리포터』를 펴냈다는 이야기는 작가 지망생들의 영원한 로망이다. '쓰는 인간'들은 밤새 끄적이고 있는 글들이 하루아침에 대중의 시선을 끄는 작품이 되지 않을지, 우연히 출판사 관계자들의 러브콜을 받지 않을지 행복한 백일몽을 꾼다. 소설가 정아은의 책 『이렇게 작가가 되었습니다』는 숱한 절망과 희망에 괴로워하는 작가 지망생들과 '쓰는 인간'들을 위해 준비된 유용한 지침서이다.

그녀는 6년간의 문학상 공모전 시도 끝에 장편소설 『모던 하트』로 2013년 한겨레문학상을 받으면서 작가로 데뷔했다. 이런 저자도 작가로서 홀로서는 과정이 녹록지 않았다고 밝히고 있다. 이 책은 크게 소설, 에세이, 서평, 칼럼, 논픽션의 노하우를 알려주는 작법서 성격의 1, 2부와 작가가 된 후 느꼈던 솔직한 감정 변화와 그동안 경험했던 우여곡절과 만난 사람들에 관한 에세이 형식의 3, 4부로 나누어져 있다. 작가가 되고 싶은 사람들이 흥미롭게 볼 부분은 책의 3부이다. '쓰는 마음'이라는 제목을 단 3부는 작가 정아은이 11년 작가 생활 동안 어떤 마음으로 써왔는지 솔직하게 털어놓고 있다.

2013년 한겨레문학상 시상식에서 선배 작가들

은 상을 받은 그녀에게 이번 문학상 상금 잘 챙기고 얼른 돈 잘 버는 생업으로 돌아가라는 조언을 건넨다. 그녀는 공지영이나 신경숙 같은 베스트셀러 작가들을 제외하고 소위 작가라는 이름을 단 사람들은 모두 1년에 천만 원도 안 되는 수입을 올린다는 이야기를 듣고 깜짝 놀란다. 하지만 저자는 무조건 쓰는 족족 베스트셀러를 쓸 것이라고 장담하며 선배들의 조언을 무시한다. 그렇게 자신만만했던 그때의 자만심과는 달리, 이후 그녀가 작가로 사는 삶은 실패와 좌절의 드라마였다. 이 책의 3부는 저자가 작가로서 겪었던 마음 부침이 가득 담겨있다. 작가는 쓴 작품에 대한 편집자들의 수많은 거절 메일을 받고 난 후 '작가'라는 호칭이 본인 이름 앞에 불리는 것이 부끄러웠고 작가가 아닌 다른 생업을 꿈꾸었다고 밝히고 있다.

그럼에도 불구하고 작가가 다시 쓰고 싶은 용기를 품었던 이유는 언제나 글을 쓰고 싶어 하는 정체성 때문이었다고 말한다. 그녀는 출판이 되든 되지 않든, 베스트셀러가 되든 되지 않든, 사회적 인정을 받든 못 받든 생각한 모든 것들을 글로 남기고 싶었다고 전한다. 쓰고 싶은 마음 때문에 쓰는 것, 저자는 그것이야말로 쓰는 사람의 핵심이고, 쓰는 사람의 전부라고 밝힌다. 글을 쓰는 과정은 혼자만의 싸움이요, 고독한 길이다.

그런 점에서 이 책은 작가 지망생, 계속 쓰고 싶은 욕망이 있는 성인 독자들에게 유용한 에세이다. 글을 쓰고 싶은 사람이라면 1부와 2부에서 칼럼, 에세이, 논픽션, 소설을 섭렵한 정아은의 글쓰기 비법을 훔칠 수도 있고, 작가 지망생 혹은 초보 작가라면 작가들이 겪을 수 있는 경험을 엿볼 수 있다. 글 쓰는 이들 모두가 조앤 롤링, 조지 오웰, 무라카미 하루키와 같은 세계적인 베스트셀러 작가가 될 수 없다. 씁쓸하지만 이건 부인할 수 없는 진실이다. 그럼에도 불구하고 작가의 길에 들어서고 싶다면 이 책을 읽어보시라. 최소한 작가의 길을 둘러싼 무지갯빛 거품을 없애고도 본인의 글을 계속 쓰고 싶다면 당신은 '쓰는 인간'이 될 자격이 충분하다.

시의 쓸모

고선애

'나를 사랑하는 마음으로 정성 들여 글쓰기'

원재훈 작가는 『시의 쓸모』에서 '내 마음의 기술'을 활용하여 시를 쓸 수 있다고 한다. '나를 사랑하는 마음으로 글을 써 보렴'하고 자상하게 말한다. 인생은 태어날 때도 온전히 혼자 태어나고 떠날 때도 홀로 떠난다. 글을 쓰는 일 역시 오롯이 혼자 있을 때 가능한 일이다. 혼자 있는 시간에 대한 태도를 보면 그 사람이 얼마나 잘 살아가고 있는지 알수 있다. 혼자 있는 시간을 잘 활용하는 사람은 선택적 고독을 통해 내 생각들을 글로 옮길 수 있는 능력이 있는 사람이다. 글을 통해 내면의 무수한 메시지를 향기처럼 드러낸다. 글을 쓰면서 당면한 문제에 대한 해결책을 찾기도 하고, 차분히 내 안의 사고를 정리하여 가장 좋은 방법은 무엇일까 글로 표현할 수 있다.

어떤 날은 글이 무작정 술술 흘러나와 잘 써질 때가 있다. 하지만 어떤 때는 한 줄도 쓰지 못하고 손에 움켜쥔 모래알처럼 시간이 흘러가 버릴 때가 있다. 글을 쓰고 싶은데 무엇을 어떻게 표현해야 할지 모를 때도 있고, 쓰려는 방향은 정확한데도 표현력이 부족하거나 집중력이 흐트러져서 쓰는 일 자체가 지긋지긋하고 힘들게 느껴질 때가 있다. 글쓰기가 문득 노력이라는 기분이 든다면 생각을 다른 측면에서 바라보는 것도 좋겠다. 글 쓰는 일을 사랑하는 사람에게 쓰는 연애편지라고 생각해 보자. 내가 전하고 싶은 마음을 간절하면서도 사랑하는 마음을 담아 써본다. 이런 과정은 정성스러운 마음이 생기고 사랑하는 사람에게 이야기해 주듯이 쓰는 활동이 된다. 사랑하는 사람과 있으면 온 마음을 다해 그의 말에 귀 기울여 주는 태도가 저절로 생긴다. 상대와 눈을 맞추고 경청하며 내 생각도 종종 들려주면서 이야기에 집중하고 있다고 끄덕이기도 하고 손짓을 보내기도 하듯이 말이다. 이러한 마음으로 글을 쓰게 되면 독자에게 영감을 줄 수 있는 좋은 글이 써지기도 하는데, 나의 소중했던 경험과 생각이 독자와 만나면서 사랑의 마음으로 연결이 될 수 있다. 생각만 해도 신나고 행복한 일이다.

일상의 상황이나 사건도 자신이 보는 관점에 따라 완전히 다르게 해석된다. 원재훈 작가는 나만의 사전을 만들어 보라며 새로운 관점을 훈련할 방법을 제시한다. 내가 소중히 여기는 단어를 선택해 일기를 쓰듯이 써보는 것이다. 단어를 정리하다 보면 문장력이 좋아진다. 일기라고 해서 매일 쓸 필요는 없다. 일주일에 서너 번이라도 좋다. 상투적인 단어일수록 창의적인 생각이 나올 수도 있다. 행복, 사랑, 연인, 봄과 같은 단어들 말이다. 이렇게 나만의 사전을 정리해 두면 어휘력도 좋아지고 세상을 보는 안목도 넓어진다.

"내가 지금 연애를 하고 있다면, 사랑하는 사람의 이름을 놓고 여러 가지 생각을 정리해 보는 것도 좋겠죠. 그 이름에서 파생되는 여러 단면을 따로 또 정리해서 의미를 부여합니다."(다산북스, 2021, 118쪽)

글을 쓴다는 것은 나를 사랑하는 방법 중 하나이다. 내가 쓰는 글이 사랑의 울림이 되어 독자와 마음이 연결될 수 있기를 바란다.

글을 쓰고 싶다면   브렌다 유랜드

신주희

쓰레기 같은 글이지만 쓰기 시작하니 잘 쓰고 싶고
남들에게 칭찬받고 싶어졌다. 욕심은 한계를 모르
고 출판을 꿈꾸고 유명한 작가가 되고 싶어진다. 이
미 베스트셀러 작가가 된 것처럼 부푼 마음으로 책
상에 앉아 글을 쓰기 시작한다. 하지만 현실은 첫
단어부터 막혀 쓰는 행위가 싫어진다. 그 감정이 발
전해 '기성 작가도 아니고 누가 읽어주지도 않을 텐
데 왜 쓰려고 애쓰나'라는 생각으로 글쓰기를 포기
한다. 그렇게 글쓰기를 덮지만, 이상하게 다시 글이
쓰고 싶어진다. 싫다면서 왜 쓰려고 하는지, 반복되

는 생각에 피로감을 느낄 때, 『글을 쓰고 싶다면』을 접했다.

　『글을 쓰고 싶다면』은 작가이자 에디터이며 글쓰기를 가르치는 브렌다 유랜드가 1938년에 출간한 책이다. 서문에 적힌 대로 작가는 글을 쓰고 싶은 독자에게 반복적으로 '용감하라. 자유로워라. 진실하라'라고 말한다. 자신의 글쓰기 수업에 참여했던 다양한 사람들의 글을 예시로 들며 그들의 글과 전문 에디터, 기성 작가의 글을 비교한다. 그리고 전문가들의 글보다 자유롭고 진실하게 자신에게서 나오는 이야기를 쓴 일반인의 글이 잘 읽히며 내용도 좋다고 칭찬한다. 그들은 유명한 작가도 아니고 글쓰기 관련 대학을 다닌 사람도 아니다. 나처럼 평범하지만, 글을 쓰고 싶었던 사람들이라 그 내용에 공감이 갔다.

　저자는 글쓰기가 시간 낭비를 하는 것이 아닌

쓰는 사람에게 유익함과 이해를 확장시켜 주는 것이기 때문에, 좋은 생각이 떠오르지 않더라도 전혀 걱정하지 말라고 한다. 하찮더라도 사소한 생각을 적어두기만 한다면 자신의 게으름이나 고독에 대해 죄책감을 느낄 필요가 없다고 한다. 글쓰기는 혹사당하는 것이 아니라, 오히려 해볼 만한 근사한 것이고 그 과정에서 창조력이 나에게 들어올 수 있도록 약간의 시간만을 내주라 한다. 이 문장들을 통해 무의식적으로 글쓰기를 하찮게 여겼던 나를, 남들과 비교하며 나태하고 무능하게 생각했던 나를 위로하게 되었다. 다른 사람에게 인정받고 싶어 내 글을 스스로 검열하느라 진짜 내 마음을 표현하지 못한 내게 용기를 주었고 창조적 충동 그 자체를 분출해도 괜찮다는 자유로움을 배웠다.

작가는 배우기를 멈추지 않고 쓰기 시작하면 된다고 한다. 자신에게서 나오는 글을 진실하게 쓰고, 비록 아무것도 쓰지 못한 채 생각에 잠겨있을지

라도 내 안에 창조력을 믿고 지금 떠오르는 생각을 쓰라고 말한다. 그건 알겠는데 그래서 어떻게? 라고 묻는 사람을 예상한 듯 다양한 답을 소개한다. 내가 공감한 방법은 일기 쓰기다. 이 책을 읽기 전부터 100일 동안 일기 쓰기에 도전하고 있었기에 더 공감이 갔다. 작가는 매일 무턱대고 저돌적으로, 충동적으로, 정직하게 일기 쓰기를 하면서 글쓰기를 좋아하게 되었고 자신의 진정한 모습을 점점 더 많이 알게 되었다며 독자에게 일기 쓰기를 추천한다. 나 역시 일기를 쓰면서, 내가 쓴 글이 부끄럽고 이상하게 느껴질 때도 있다. 그래도 일기를 쓰지 않는 날이면 허전해서 자기 전에 한 줄이라도 쓰고 잔다.

글을 쓰고 싶지만 '내가?'라는 생각에 망설여진다면, 다정한 브렌다 오랜다의 『글을 쓰고 싶다면』을 읽어보라. 그러면 감추고 있었던 내 안의 글쓰기에 대한 진실과 욕망을 마주하게 될 것이다. 그리고 나처럼 뭐라도 쓰게 될 것이다.

유혹하는 글쓰기   스티븐 킹

김경희

심혈을 기울여 써낸 글이 형편없다는 평가를 받는다면 어떤 기분이 들까? 글 쓰는 사람마다 다른 반응을 보일 것이다. 평가에 대해 반박하며 민감하게 반응하거나, 별 반응 보이지 않고 무시해 버리거나. 내가 만일 이런 경우를 만난다면 처음에는 반응을 보이지 않을 것 같다. 평가하는 사람의 의견은 지극히 사적일 뿐이라고 생각하면서 말이다. 하지만 기분은 내내 언짢을 것 같다.

　스티븐 킹은 『유혹하는 글쓰기』에서 자기가

좋아하는 것을 쓰고 독자의 반응에 상관하지 말라고 한다. 글 속에 생명을 불어넣고, 삶이나 인간관계나 우정, 성, 일 등에 대해 알고 있는 내용을 섞어 특별한 것으로 만들어 내라고 말한다. 글을 쓰면서 독자들의 반응보다 신경 써야 하는 점이 무엇인지 생각해 보라는 것이다.

스티븐 킹은 소설가다. 그가 쓴 50여 편의 소설은 대부분 출판되기가 무섭게 수천만 부씩 팔려 나갔다. 쓰는 작품마다 인기를 얻은 그가 『유혹하는 글쓰기』에서 창작론에 대해서 말한다. 글쓰기에서 자신의 능력을 발휘하려면 어휘력, 문법, 문체의 요소를 익히기 위해 부단히 노력하라고. 좋은 작가가 되려면 많이 읽고 많이 쓰기, 명사와 동사를 기본 구조로 쓰기, 동사의 경우 수동태를 피하고 능동태로 쓰기, 주어가 어떤 행동을 하는지 속 후련하게 쓰기, 부사 사용 자제하기, 문단 잘 이용하기 등등 글을 쓰기 위해 필요한 요소들을 자신의 경험을 바탕으로 친절히 설명하고 있다. 무엇보다 글쓰기를 배우는 가장 좋은 방법은 '많이 읽고 많이 쓰는 것'이라고 거듭 강조하고 있다. 글쓰기를 위한 마법 같은 비결은 어디에도 없기에 자신이 쓰고자 하는 장르의 책을 많이 읽고 써보라는 것이다.

독특한 점은 문단에 대한 그의 주장이다. 문단을 어디서 시작하고 어디서 끝맺을지 너무 많이 생각하지 말라는 것. 소설 창작은 어떤 이야기가 저절로 만들어지는 과정이라 믿는 그는 전체적인 흐름의 중요성을 강조하고 있다.

문단 외에도 자연스러움을 강조하는 부분은 플롯이다. 그는 미리 플롯을 짜지 않고 소설을 쓴다고 한다. 세밀한 짜임에 의해서 글을 쓰다 보면 인위적이고 부자연스러운 이야기가 되기 때문이라고 한다.

쓰기 전에 이야기를 이루는 요소들을 자세히

구상하고 배열하는 일에 많은 시간을 할애하는 작가들과는 다른 주장인 것 같다. 하지만 플롯을 짜지 않고 완성한 초고를 6주 정도 묵힌 다음, 쓴 글을 다시 읽으면서 플롯이나 등장인물의 성격에서 발견된 허점을 고쳐나간다고 한다. 스티븐 킹도 순서만 바꿀 뿐 플롯을 중요하게 여긴다는 말이다.

퇴고의 과정에서는 메시지나 교훈보다 독자들이 읽고 난 후에 그들의 정신 속에 잔잔한 울림이 있도록 플롯을 통해 메시지 전달 방법을 찾는다고 한다.

스티븐 킹은 창작론의 끝부분에서 '돈 때문에 일하느냐'는 질문에 단호하게 '아니요'라고 대답한다. 소설을 써서 꽤 많은 돈을 번 것은 사실이지만 글을 쓰는 동기는 '순수한 즐거움' 때문이라고 한다. 순수한 즐거움 때문에 지칠 줄 모르고 글 쓰는 저자가 부러울 따름이다.

글은 어떻게 삶이 되는가   **김종원**

고선애

2022년 김종원 작가는 11권의 책을 썼다. 한 해 동안 열한 권의 책을 썼다니 쉬지 않고 쓰는 글쟁이라 할 수 있겠다. 독자 입장에서는 작가의 책을 사서 읽고 있는데 신간이 또 나오니 독자가 글을 읽는 속도보다 작가가 쓰는 속도가 더 빠르다 할 수 있겠다. 김종원 작가는 어떻게 그렇게 많은 글을 쓸 수 있었을까? 그는 『글은 어떻게 삶이 되는가』에서 '글쓰기 능력을 높이는 비밀'을 알려 주고 있다.

작가는 아는 만큼 보이지만 보는 만큼 알게 되

며 보는 능력이 곧 쓰는 능력을 결정한다고 강조했다. 보는 만큼 알게 된다는 것의 본질은 보는 안목을 기르라는 것이다. 1분 1초도 그냥 스치지 말고 더 가까이 다가가서 더 깊이 보라는 것이다. 글을 쓸 때 누군가에게 도움이 되려는 마음을 가지고 최선을 다해 글을 쓴다면 독자는 진심을 알아보게 된다.

저자는 쓰는 사람은 독자에게 자신의 지식이 아닌 자신만의 시각을 선물해야 한다고 말한다. 이것은 나 자신의 언어로 나를 대면하면서 삶을 살아내는 것이다. 일상의 순간을 나만의 시선으로 바라보며 깊이 사색하는 것이다. 시를 쓸 때도 오래 바라봐야 그 대상이 사랑스러워지는 것처럼, 나만의 속도와 나만의 방식으로 저장된 장면을 간직하고 그들 중 가장 빛나는 것을 골라 시어로 표현해야 한다. 저자는 삶을 관대하게 바라보면 타인의 삶을 들여다볼 수 있는데, 아무도 알려주지 않는 것이지만 귀한 것을 가려내고 나만의 시선을 가지는 것이 글을 잘 쓰는 방법 중 하나라고 조언한다.

더러는 매일 글쓰기를 다짐했다가 세월만 흐르고 글을 쓰지 못할 때도 있는데, 그 또한 괜찮다. 나만의 속도로 글을 써나가는 것이 중요하기 때문이다. 김종원 작가는 세상에 글을 쓰거나 쓰려고 준비하는 사람은 있지만 글을 쓰지 않는 사람은 없다고 말한다. 글을 쓰지 않는 순간도 글을 쓰기 위한 준비의 시간이라 생각해 보면 어떨까. 글이 안 써질 때는 보는 안목을 기르는 훈련의 시간이라 여기는 것이다.

여행을 가면 누군가에게 도움이 될 만한 것을 어떻게 얻을 수 있는지, 내가 보아야 할 것은 무엇인지, 관심을 가지고 글 쓰는 준비를 해야 한다. 이런 과정은 단순히 정보나 자료를 요약한 글이 아니라 누구를 위해 글을 쓸 것인지 초점을 맞추고 사랑의 마음을 담아 쓰는 것이다. 즉 누군가 필요로 하는 글은 반드시 그에게 도움이 되는 글이다. 그 마음이 사랑이며 그 마음을 주기 위해 나는 글을 쓴다.

세상은 다양한 사람이 존재하기에 완벽한 글도 없고 내 글이 완벽하기를 바라지 않는다. 누군가에게 도움이 되는 글은 읽는 사람이 편안해지고 기분이 좋아질 뿐 아니라 자신을 성장시키는 글이 된다. 저자는 글을 통해서 어떤 가치가 있는지 찾아내고, 더 나은 형태로 바꾸고, 나만의 언어로 표현하라고 말한다. 내가 쓴 글은 나의 스타일 대로 나오는 것이지만 결국 타인을 위해 쓰게 되고 동시에 나를 위해 쓰게 된다. 그러므로 글쓰기는 나를 성장시킨다. 모든 독자를 만족시킬 수 없지만 단 한 명에게라도 도움이 된다면 그것이야말로 내가 글을 써야 할 이유다.

김종원 작가는 글을 쓰며 도움을 주려는 마음을 가진 자는 두 가지를 얻을 수 있다고 한다. 하나는 세상에 아름다운 것을 전달했다는 기쁨이고, 나머지 하나는 아름다운 것을 전달할 수 있을 정도로 수준 높아진 내면을 만날 수 있다는 행복감이다. 글 쓰는 능력을 더 성장시키기 위해 사랑하는 마음으로 누군가에게 도움이 되는 글을 전하고 성장한 내면을 만나러 펜을 들고 싶다.

한 편의 시는,

그 사람의 마음의 거울일 수 있습니다.

- 조병식의 '시를 어떻게 쓸 것인가'에서 -

3장

소설창작수업

최옥정

김경희

사람들은 왜 소설을 읽고 소설을 쓰고 싶어 할까?
책 읽기 좋아하고 문학적인 재능이 있어서라는 대
답은 상투적이다. 가슴을 짓누르는 이야기가 많은
사람일수록 공감받기 위해 글을 쓴다. 공감받기 위
해 글을 쓰다가 위로까지 받는다. 또 어려움을 겪는
소설의 주인공을 만나면 고통의 무게가 가벼워지
기도 한다. 결국, 소설을 읽고 소설을 쓰는 이유는
내 마음을 위한 처방전인 것 같다. 읽고 쓰는 행위
자체가 삶의 위안이 되니 말이다.

『소설창작수업』의 최옥정 작가는 '소설이 무엇인가'라는 질문에 오래된 이론을 제시한다. 가장 잘 아는 것을 쓰는 것이라고. 원론적인 말이겠지만 내가 보고 겪어낸 일들을 녹여서 쓰는 것이 소설이라는 말이다.

저자는 소설을 어떻게 시작할 것인가에 대한 다섯 가지 방법을 제시하고 있다. 첫째, 첫머리에서 독자를 사로잡아라. 첫머리에서 독자가 상상의 나래를 펴도록 미끼를 던지는 일은 소설을 쓰기 시작할 때 가장 깊이 고민해야 할 일인 것 같다.

둘째, 인물을 만들어 내라. 소설 창작은 세상에 내가 하고 싶은 말을 전하기 위해 인물을 창조해 내는 일이다. 하지만 아예 모르는 인물을 창조하기란 쉽지 않으니, 내 머릿속에 떠오르는 인물을 끄집어내 이야기를 시작하라고 한다.

셋째, 하나의 감정을 정하라. 분노, 사랑, 슬픔, 고통 등의 감정은 주제와 상통하는 것들이니, 내가 세상에 전하고자 하는 감정 하나를 선택하라고 한다.

넷째, 한 시점을 정하라. 시점은 시간적 배경이므로 어린 시절이든 학창 시절이든 하나의 시점을 정하고 글을 시작하면 내가 표현하고자 하는 주제와 연결하기 쉬워진다고 한다.

다섯째, 한 장소를 정하라. 장소는 내가 익숙한 곳을 표현하면 가장 자연스럽게 쓸 수 있다고 한다. 하지만 내가 잘 모르는 곳, 가보지 않은 곳이라면 영상이나 가이드 북, 지도 등의 자료를 취재해서 쓰라고 한다.

소설은 물 흐르듯 자연스럽게 흘러가는 진짜 같은 이야기 전개만이 독자를 내 편으로 끌어들일 수 있을 것이다. 그러기 위해서는 탄탄한 구성에 공을 들여야 한다. 저자는 수많은 작품을 통해 여러 가지 플롯을 비교·분석해 보고, 마음에 끌리는 플롯을 찾아서 자신이 쓰고자 하는 이야기에 적용했다고 한다.

이외에도 『소설창작수업』에는 문장에 대하여, 제목, 퇴고, 작품 정리하는 법, 소설가로 사는 법 등등 소설 창작에 필요한 내용을 친절하게 안내하고 있다.

무엇보다 저자가 작가 지망생들에게 강조하는 점은 재능이 있는지 없는지 고민하지 말고 절실한 마음으로 충실하게 글을 쓰라고 권면한다. 글을 쓰겠다는 욕망과 절박한 마음이 글을 쓰게 한다는 말이다. 또 매일 일정한 분량의 글을 쓰라고 한다. 그러다 보면 문장력도 좋아질 테니 말이다. 나아가 오랫동안 글을 쓰기 위해선 자신감, 근성, 오기, 그 무

엇이든 내 안에서 샅샅이 뒤져 붙들고 매달리라고
한다.

　　최옥정 작가는 이 책을 통해 독자들에게 쉬지
말고 매일 열심히 써라, 좋은 글을 쓰기 위해서는
마음과 생각과 태도의 품질과 수준을 향상시켜라,
생각하고 또 생각해라, 고정관념을 없애고 이면을
바라보라고 힘주어 설득하고 있다. 책을 한 번 읽는
것만으로도 가슴에 불을 지피는 것 같았다. 근성도
있고 오기도 있으니 글을 잘 쓰기 위해서 자신감을
힘껏 불어 넣어야겠다.

나는 말하듯이 쓴다

강원국

고선애

말과 글은 불가분의 관계다. 생각과 감정을 표현한다는 점에서 전달하려는 내용이 같다. 『나는 말하듯이 쓴다』의 강원국 작가는 글을 쓰는 일에 '말이 먼저'라 했다. 일단 말을 하면서 생각을 얻고, 얻은 생각을 정리하고 상대의 반응을 알 수 있으니, 반응도 살피고 낭독으로 인한 어색한 점도 가릴 수 있는 장점이 있기 때문이다. 말을 많이 해보고 산책하면서 중얼거려 보면 글로 옮기기도 수월하다고 한다.

　말은 잘하는 것 같은데 글로 표현하려면 그게

잘 안된다는 말을 많이 듣는다. 글을 많이 써보지 않은 사람들은 글쓰기 자체가 두려울 수 있다. 막연한 불안감을 없애기 위해서는 메모가 가장 좋은 습관이다. 사실, 글을 조금 써본 사람들도 글을 쓸 때 '어떻게 하면 더 잘 쓸 수 있을까?' 하는 생각에 글쓰기가 어렵게 느껴질 때가 있다. 자주 쓰다 보면 글이 좋아지고 자신감도 생기게 마련이다. 글쓰기에 대한 두려움 자체를 없앤다기보다 생각을 조금만 전환해 보자.

저자는 독자의 눈치를 심하게 보지 말라고 한다. 독자는 내 글에 생각만큼 관심이 없다. 글을 완벽하게 쓰려는 생각이 두려움이 되는 것이니, 독자와 나는 같은 편이라 생각하는 것이 좋다. 글이 마무리될 때까지 독자와 나는 함께한다고 여기면서 독자에게 도움 되는 글은 어떤 글이든 쓰면 된다. 도움이 되기 위해 필요한 공감력, 관찰력, 비판력, 질문력, 상상력과 같은 여러 가지 역량을 늘리기 위해 읽고 사색하면서 좋은 글을 쓸 수 있도록 노력하는 것은 글 쓰는 이의 기본이라고 당부한다. 저자는 가장 중요한 것은 글을 잘 쓰려고 하는 욕심을 내려놓는 것이라고 말한다. 글을 쓸 때 있는 실력 그대로를 보여주라는 것이다.

내 민낯이 글을 통해 드러나는 것은 사실이다. 민낯이 드러난다고 손해 볼 것은 없다. 또 모두가 만족하고 시비 걸지 않는 글을 쓰기란 불가능하다. 그러니 솔직하게 나의 글을 쓰라는 것이다. 이번에 쓴 글이 조금 부족할 수 있다는 것을 인정하고 모든 독자를 만족시키려 하지 말고 내 글을 좋아할 만한 단 한 사람을 위해서 쓰자.

글쓰기에 대한 두려움을 다스릴 수 있는 팁 6가지를 책에서 가져와 본다.

1. 이것 못 쓴다고 죽고 살 일 아니다.

2. 양으로 승부를 가리자.

3. 말하듯 쓰자.

4. 글은 쓰다 보면 언젠가 잘 써진다.

5. 글쓰기는 뒤로 갈수록 속도가 난다.

6. 지금까지 늘 써왔고 반드시 썼으므로 나는 나를 믿는다.

(위즈덤하우스, 2025, 96쪽)

강원국 작가는 꾸준히 노력하고 많이 써야 하고 자연스럽게 실력이 늘 수 있도록 지금처럼 계속해서 쓰는 것을 목표로 삼으라고 한다. 문장에 힘을 넣지 말고, 간절하게 쓰면 글쓰기를 통해 내가 살 수 있고, 글쓰기를 하지 않고서는 못 배기는 사람이 글을 계속해서 써 나갈 수 있다고 한다.

이 책을 통해 얻을 수 있는 것은 여러 가지가 있겠지만, 내게 필요한 해결책은 이것이었다. 말하듯이 자연스럽게 쓰자. 완벽한 글에 대한 욕심을 내려놓고 독자에게 도움이 되는 글을 쓰자. 꾸준히 쓰자.

닥치고 글쓰기

이명희

글쓰기에 대한 열망이 뜨겁다. SNS 광고 중 브런치 작가 되기 위한 강좌가 눈에 띈다. 글 쓰는 사람이라면 누구나 작가가 되길 원한다. 작가는 날마다 꾸준히 써야 한다. 하지만 매일 글쓰기를 한다는 것은 어렵다. 매일 쓰고 싶지만, 글감이 떠오르지 않아 펜을 쉽게 들지 못한다.

황상열이 쓴 『닥치고 글쓰기』에서는 매일 쓰는 사람이 진짜 작가라고 말한다. 저자는 독자에게 묻는다.

"당신은 매일 글을 쓰고 있나요?"

글을 꾸준히 쓰고 있지 않다면 닥치고 글쓰기 하라고 강조한다. 『닥치고 글쓰기』에서는 꾸준히 글을 쓰기 위한 전략, 독자가 공감할 수 있는 글쓰기, 글을 쉽게 묘사하는 방법을 설명하고 있다.

글을 쓸 때 가장 고민되는 부분은 어떻게 써야 할까이다. 이 책에서는 4가지 방법을 소개한다. 첫째, '남의 글'과 '나의 글'로 써보라고 한다. 기본적으로 글은 사실과 느낌으로 구성되어 있어서 남의 글을 읽고 글을 쓰면 가장 쉽게 글을 쓸 수 있다고 한다. 글쓰기 방법으로 가장 기본적인 대답이다. 책을 읽고 감명 깊은 구절에 밑줄 그으면서 그 구절에 대한 내 생각을 쓰거나, 책 말고도 칼럼을 필사하면서 내 생각을 글로 쓰면 매일 쓸 수 있을 것이다.

둘째, 보이는 것과 경험은 그대로 묘사하고, 오감을 이용해서 실제로 느낀 것을 구체적으로 묘사하라고 말한다. 독자는 생생하게 표현한 글을 읽게 되면 상상할 수 있다. 저자가 느낀 감정을 독자도 느낄 수 있어서 좋은 글이 된다.

셋째, 느낌(감정)을 표현할 때는 감성적 묘사로 바꾸어 보라고 한다. 감성적 묘사란 상황을 구체적으로 묘사하는 것이다. 좋았다, 싫었다, 나빴다가 아닌 좋고 싫음에 대한 감정을 얼굴이나 몸짓 등으로 묘사하는 것이다.

마지막으로 쓰고자 하는 주제에 현재 내 현실을 연결해 보라고 한다. 내가 쓰고 싶은 주제는 모든 사람이 알고 있는 주제이며 내 현실과 연결해 글을 쓰면 수월하다고 한다. 어떻게 써야 할지 모를 때는 지금 내 현실을 대입시켜 써보면 된다.

일상을 관찰하고 간단하게 기록하면 글감을 찾을 수 있다. 메모할 수 있는 도구를 항상 지니고 다니면 오늘 내가 누구를 만나고 무엇을 했는지 간략하게 기록하며 짧은 순간이지만 내가 느꼈던 감정을 메모해 글감을 찾을 때 유용하게 쓸 수 있다. 드라마와 영화를 보는 것도 도움이 된다. 인상 깊은 장면을 구상해 내가 쓰고 싶은 주제와 연결한다. 쓰고 싶은 주제의 칼럼이나 책을 읽는 것도 도움이 된다.

닥치고 쓰는 사람이 되고 싶다. 글이 술술 써지면 좋겠지만, 그렇지 않더라도 매일 한 문장이라도 쓰는 사람이 되고 싶다. 글이 잘 풀리지 않는다고 핑계 대지 말고 한 줄이라도 더 써야겠다.

쓰기의 감각

앤 라모트

강민주

미국의 수많은 작가 지망생이 손꼽는 인생 책이 되려면 어느 정도의 내용이 담겨야 할까? 출판사가 선전하는 앤 라모트의 책 『쓰기의 감각』의 광고를 읽고 난 첫 느낌이다. '에이, 또 비슷한 글쓰기 책이겠지' 싶다가도 출간 후 25년간 한결같이 아마존 글쓰기 분야 베스트셀러라는 문구에 마음이 자꾸만 흔들린다. 또다시 출판 편집인들의 영리한 술수에 빠져 글쓰기 책을 산 호갱님이 되는 것은 아닐까 싶은 걱정이 살짝 들지만, 이내 '삶의 감각을 깨우는 글쓰기 수업'이라는 책 표지 문구에 쉽게 현혹된다.

앤 라모트의 『쓰기의 감각』은 구겐하임 문학상 수상자이자 미국에서 대중의 작가로 불리며 널리 사랑받는 작가의 글쓰기 경험이 듬뿍 담긴 책이다. 그녀는 오랫동안 진행한 글쓰기 수업에서의 사연들을 토대로 글쓰기와 삶에 대한 진솔한 고백을 들려준다. 본인이 터득한 글쓰기에 관한 비법은 물론이고 작가로 살아간다는 삶의 고통스러운 실체, 그리고 글 쓰는 삶의 가치를 유쾌하면서도 매우 솔직하게 표현한다. 이 책은 1) 나만의 이야기를 쓰고 다듬는 방법 2)쓰는 사람의 내면에서 벌어지는 일들 3)계속 써나가는 데 도움을 주는 것들 4)그럼에도 우리가 글을 쓰는 이유 5)마지막 수업에서 들려주고 싶은 이야기로 나누어져 있다.

그중에서 '나만의 이야기를 쓰고 다듬는 방법'은 꽤 실용적이다. 소설을 쓰고 싶은 작가 지망생이라면 맛깔나는 대화를 쓰는 것이 얼마나 어려운지 잘 알고 있다. 다양한 주제의 소설을 써온 앤 라모트는 소설에서 좋은 대화를 쓰기 위해서는 이미 쓴 문장을 큰 소리로 읽어보라고 조언한다. 그리고 난 후 그 대화가 실제 바깥사람들이 말했을 때 어떤 모양새일지 생각해 보라고 말한다. 작가는 독자들이 소설 속 등장인물들의 대화를 흥미롭게 읽기 위해서 소설 속 캐릭터들이 각자의 개성을 지닐 수 있도록 대사를 만들어야 한다. 작가가 추천하는 특별한 대화 만들기 방법 중 하나는 바로 주인공을 철천지원수와 엘리베이터 같은 제한된 공간에 밀어 넣어 어떤 대화를 나눌지 상상해 보기이다. 이처럼 극단적인 상황에서는 사람의 감정이 극도의 경지까지 밀려오고 성격과 입장에 따라 다양한 반응과 말들이 오가기 마련이다.

'3장 쓰는 사람의 내면에서 벌어지는 일들'에도 재미있는 에피소드가 많다. 이상하게도 글을 쓰다 보면 본인보다 글을 잘 쓰는 사람들을 쉽게 발견하고 금세 좌절감에 빠진다. 앤 라모트는 매번 그런 열등감을 느끼며 자학의 땅굴에 빠지기보다는 다른 방식의 해결을 권유한다. 그녀는 클라이브 제임스의 시, '나의 경쟁자의 책이 헐값에 팔렸다'를 읽으며 위로받았다고 전한다. 앤 라모트는 시중에서 경쟁자의 책이 싸게 팔려 '그래서 나는 기쁘다'라고 시작하는 첫 구절이 그 어떤 말보다 도움이 되었고 동질감을 느꼈다고 말한다. 순수한 마음으로 글을 쓰는 사람이라도 괜히 미운 경쟁자의 글쓰기 성공을 아무런 질투 없이 온전하게 기뻐하고 축하하기는 어렵다. 작가는 차라리 그런 질투의 감정을 다른 방향으로 돌려 글을 써 보라고 말한다. 세상에 대해 더 세심한 주의를 기울이려 노력하고, 모든 일을 덜 심각하게 받아들이고, 보다 천천히 움직이고, 좀 더 자주 바깥에 나가다 보면 마음속의 우울감을 없앨 수 있다고 이야기한다.

또한, 앤 라모트는 글을 쓰고 싶은 사람들이 아주 잘 쓰지 못할까 봐 두렵다는 이유로 글 쓸 시도를 하지 않은 채 시간을 낭비하지 말라고 당부한다. 그녀는 주눅 들어서는 결코 자신감 있게 글을 쓸 수 없고, 글을 잘 쓸 수 있다는 '자신감'이야말로 글쓰기의 원천이라고 굳건히 말한다. 작가의 주장처럼, 자신감은 머릿속이 텅 비어 있을 때도 온갖 이미지와 아이디어를 폭포수처럼 퍼부어 주는 비결일지도 모르겠다.

결론을 말하자면, 이 책을 다 완독한들 베스트셀러 작가가 될 수 없다. 세상에는 글쓰기만큼 누구나 쉽게 시도할 수 있는 활동도 없고, 계속 지속하기 어려운 일도 없다. 꼭 이루고 싶은 목표가 없다면 바로 처리해야 할 의무와 본업에 뒤처지기 십상이다. 또, 일단 다른 사람들을 의식하는 글을 쓰기 시작하면 끊임없는 열등감에 시달리게 된다. 지금 가고 있는 글쓰기의 길이 황금빛 돈이 쌓이는 베스트셀러 작가의 길이 될지, 아니면 그저 늘그막에 본인의 삶을 기록할 수 있는 '쓰는 인간'이 될지는 누구도 알 수 없다. 어쩌면 이 책은 다른 작법서들처럼 이렇게 쓰기만 하면 무조건 작가가 된다는 허황된 꿈을 안겨주지 않는 것만으로도 작가 지망생들에게는 도움이 될지도 모르겠다. 앤 라모트의 『쓰기의 감각』은 크림처럼 부드러운 위로와 용기를 전하는 책이 아니라 글을 쓰고 싶은 마음이 있다면 닥치고 일단 써 보라는 솔직하고 유쾌한 언니의 글이다.

당신은 이미 소설을 쓰기 시작했다

이승우

이수경

소설을 읽는 사람은 줄어드는 데 소설을 쓰는 사람은 점점 늘고 있다. 인생살이에 도움을 주는 자기계발서도, 지친 삶에 위로를 주는 에세이도 아닌, 소설이 주는 의미는 무엇일까. 대중에게 인기 있는 이야기 매체인 영화가 있는데도 왜 소설은 명맥을 유지하는 것일까. 그것은 영상매체보다 소설이 더 독자의 상상력을 자극하며 독자적인 해석이 가능하기 때문이라고 이승우 작가는 말한다.

현실에 만족하며 사는 사람은 소설을 쓰려는 욕구가 강하지 않을 것이다. 지상에 견고한 집이 있는 사람은 상상 속의 집을 지을 필요가 없다고 한다. 소설가는 이 불완전하고 모순덩어리인 세계에서 자신만의 질서를 찾아 세상을 재창조한다.

소설을 쓰려는 사람은 세상에 들려주고 싶은 자신만의 절실한 이야기가 있어야 한다. 그 절실함은 작가의 기억 속에서 가장 쉽게 찾을 수 있으며, 자기와 가장 가까운 것, 내 존재의 뿌리를 파헤쳐 소설을 쓰라고 저자는 제언한다. 모든 작가는 세상을 향해 외칠 자신만의 노래가 있지 않을까. 거기서 이야기가 시작된다.

소설이 시대의 현실을 반영한다고 해서 복사하듯 그대로 표현하면 될까? 소설은 역사의 기록이 아니다. 저자는 소설이 세계와 경험을 충실하게 베끼는 것이 아니라 작가의 시각으로 해석하고 편집

해야 한다고 말한다. 구질구질하고 익숙한 일상이 낯설게 느껴지도록 작가의 숨결을 불어 넣으라는 저자의 말에 마음이 설렜다.

작가가 되기 위해서는 먼저 잘 읽어야 잘 쓸 수 있다고 한다. 많은 글쓰기 책에서 공통으로 강조하는 부분이다. 소설가가 되기 위해서는 단어와 문장을 천천히 음미하면서 읽고 사색하고 좋은 소설을 베껴 쓰는 것도 도움이 된다고 저자는 조언한다. 소설을 읽다 보면 유독 마음에 드는 책이나 작가가 있는데 그런 작품을 꼼꼼히 읽어 나가면서 자신의 문학적 소양을 기르라고 한다. 반복적으로 읽고 배우되 나중에는 스승을 벗어나서 자기만의 날개로 날아갈 수 있어야 한다는 저자의 말에 공감했다. 새가 알을 깨고 나오듯이 작가가 되려는 사람은 우상을 탈피해 자신만의 색을 찾아야 성장할 수 있을 것이다.

아무리 짧은 단편소설이라고 해도 탄탄한 구조

를 만들기에는 어려움이 따른다. 소설은 정교한 조형물이기 때문에 밑그림을 다 그리고 난 다음에 소설을 쓰라고 저자는 권한다. 소설의 착상이 떠올랐을 때 바로 책상에 앉아 쓰는 것이 아니라, 철사에 찰흙을 붙이듯 생각을 만지작거리며 조형하라고 강조한다. 소설을 쓰면서 즉각적으로 떠오르는 아이디어를 반영하면서 글을 쓰는 작가도 있지만, 저자의 방법대로 글을 쓴다면 치밀한 구성의 통일성 있는 소설이 완성될 것이다.

밑그림을 그릴 때 가장 좋은 방법으로 저자는 질문하는 것을 추천한다. '왜'와 '어떻게'라는 끊임없는 질문을 통해 하나의 큰 그림을 완성하라고 한다.

그렇게 플롯을 만들어 갈 때, 감추기와 드러내기라는 기법을 통해 독자의 흥미를 유도할 수 있다고 말한다. 일어날 사건은 그 앞에서 어떤 기미를 보여주어야 하며, 이런 복선과 힌트를 적절히 활용하는 것은 소설의 기본이다. 드러내되 보일 듯 말 듯 감추면서 드러내는 것, 독자의 궁금증을 계속 생산하는 것이 중요하다고 저자는 말한다. 물론 초보 작가들에게는 말처럼 쉽지 않은 일이다.

소설은 작가가 그 순간까지 살아온 삶의 총체라고 한다. 인생을 살면서 흘린 눈물과 웃음, 피땀과 사랑, 그가 경험한 모든 의미가 작품에 고스란히 들어 있기 때문이다. 작가는 작품을 통해서 한 편의 자서전을 쓰는 사람이라는 구절을 읽고 감동을 받았다.

소설가는 소설을 읽는 것뿐 아니라 사물과 현상에 대해 깊은 관심을 가지고 그 이면에 숨은 의미를 꿰뚫어 보려고 노력해야 한다고 했다. 좋은 소설을 쓰기 위해서 늘 소설을 생각하고 소설을 읽고 쓰면서 소설 안에 머물러야 한다는 저자의 말이 마음에 남았다. 오늘도 나는 소설 작품을 읽고 생각 속에서 나만의 이야기를 지어본다.

읽고 생각하고 쓰다   송숙희

전옥랑

얼마 전 출판을 위한 퇴고를 하면서 다시는 책을 내지 말아야지(글을 쓰지 말아야지) 생각했다. 퇴고 과정이 너무나 힘들었기 때문이다. 하지만 『읽고 생각하고 쓰다』를 읽으면서 글을 쓴다는 것은 충분히 그럴만한 가치가 있다는 것을 다시금 느꼈다. 읽고 생각하는 행위가 전제되어야 하는 쓰기는 자기 계발 차원에서도, 진정한 나로 살며 목소리를 내기 위해서도, 꼭 거쳐야 하는 과정이었다.

이 책에서 강조하는 것은 LQ(리터러시), 즉 읽고

쓰는 능력이다. 잘 쓰기 위해서는 생각해야 하고, 생각하기 위해서는 많이 읽어야 한다. 요즘은 읽고 생각하는 것을 자신만의 창의적 형태로 나타낼 수 있는 능력이 얼마나 중요한지 강조하고 있는 시대다. 근래 들어 로봇과 AI가 눈부시게 발전하고 있고, 단순한 지식 습득만으로는 AI를 이길 수 없는 시대가 도래했다. 읽고 생각하며 써야 하는 이유에 대해 작가는 "생존에 급급해하지 않고 어떤 변화된 사회 속에서도 자신이 주도하는 삶을 살 수 있다. 그리하여 이 불확실성의 시대에 지속 가능한 성공을 이루며 대체 불가능한 인재로 자기 계발을 완성할 수 있다."(교보문고, 2011, 48쪽) 라고 말한다. 이것보다 더 중요한 게 있을까? 생존에 급급해하지 않고 내가 주도하는 삶을 살 수 있다니! 사실 나는 이런 목표로 글을 쓰고 있지는 않지만, 이 문구를 접했을 때 아직은 먼 미래에 희망 한 스푼 살짝 뿌려놓은 기대감이 생겼다.

이 책에서 나의 눈길을 사로잡은 것은 뒷부분에 나오는 글에 대한 스타일(문체)과 퇴고 부분이다. 작가는 "글 쓰는 사람의 스타일을 좌우하는 것은 문장력인데 한 줄, 두 줄의 짧은 글의 단위가 아니라 글 전체를 끌고 가는 문장의 힘"(교보문고, 2011, 240쪽)이고 "문체, 즉 스타일은 쓰는 사람 그 자체"(교보문고, 2011, 238쪽)라며 글 스타일의 중요성을 강조하고 있다. 어느 작가의 글을 많이 읽다 보면 누가 쓴지 보지 않고 글만 읽더라도 '아! 이 사람이 썼구나!' 하는 것을 알 수 있다. 작가 스타일이 고스란히 녹아있는 글. 개인마다 문체가 다르고 글이 가지고 있는 매력이 다르다. 나의 문체는 어떨까. 담백하고 단순하며 진솔하다. 나는 이런 나만의 문체를 좋아하지만, 항상 좀 더 유려한 문장을 쓰고 싶다고 생각한다. 글을 쓰고 다듬는 과정에서 문체에 대한 고민이 많았다. 여러 가지를 고려해서 글을 수정하면 꼭 내 문체가 아닌듯해서 마음에 들지 않았고 그대로 쓰자니 뭔가 미숙해 보이고 아쉬웠다.

송숙희 작가는 개성 있는 나만의 글쓰기 스타일을 가지려면 "잘 쓴 글을 많이 읽고 그 과정에서 개성 있는 문체를 흉내 내며, 많은 글을 쓰는 가운데 만들어지는데 이 밖의 방법이 없다는 게 참으로 유감이다."(교보문고, 2011, 242쪽)라고 했다. 역시나 글을 잘 쓰려면 좋은 글을 부단히 읽어야 한다는 사실을 다시 한번 확인한 셈이다.

송숙희 작가는 퇴고에 대해서도 정보를 준다. 초고를 쓴 다음 한 김이 빠질 만큼의 시차를 두었다가 원고를 손보는데, 원고를 방치해둔 시간이 길면 길수록, 그래서 내용을 새까맣게 잊어버릴수록 고쳐쓰기가 수월하다고 한다. 그런 다음에는 독자가 되어 한 줄 한 줄 읽고 고쳐 써야 함을 이야기하며 나의 기준에서 잘 쓴 글보다 독자가 잘 썼다고 인정해 주는 글이 중요하다는 점을 강조하고 있다.

많은 글을 읽고 배경지식을 쌓으면서 깊이 있

는 생각을 할 때 그 지식이 연결이라는 고리를 만들어 창조적 사고로 이어진다. 이런 것을 나만의 언어로 세상에 나타낼 때 주도적인 삶을 살 수 있지 않을까. 부단히 읽고 생각하고 쓰는 일을 게을리하지 말아야 하는 이유가 여기에 있다. 나 자신을 위해 독려하는 말이기도 하다.

작가는 짓는 사람이다.

없던 것을 만들어서

세상에 내놓는 사람은 다 작가다.

- 최옥정의 '소설창작수업'에서 -

4장

쓰는 기분

박연준

고선애

박연준 작가는 시인으로 유명하다. 산문 책도 여러 권 쓴, 계속해서 쓰는 사람이다. 박연준 작가의 산문에는 시적인 문장이 상당히 많았다. 그 글이 참 맛있었다. 이토록 자유자재로 쓰고자 하는 내용을 읽기 쉽게 풀어 쓸 수 있는 실력이 내게도 있다면 얼마나 좋을까 하는 소망을 품으며 읽은 책이다.

『쓰는 기분』을 만나고 박연준 시인의 매력에 빠졌다. 그가 쓴 다른 책들도 찾아 읽었다. 시인의 문장을 더 보고 싶었기 때문이다. 글을 읽는다는 것은 글을 쓴 작가를 만나 대화한다고도 생각할 수 있다. 대화를 할 수 있으니 그의 또 다른 멋진 문장을 많이 만날 수 있었다. 시인을 만나고 다시 시가 더 좋아졌다.

좋은 글이란 독자를 실행하게 하는 힘이 있는 글이다. 독자가 책을 읽은 후에 약간의 울림을 주거나 깨달음을 주는 책은 있을 수 있다. 책을 덮고 생각에만 그치는 게 아니라 독자를 동하게 하는 글이야말로 힘이 있는 글이다. 나 역시 시를 좋아하지만, 박연준 시인은 시에 대해 남다른 맛을 느낄 수 있도록 인도해 주면서 자상한 안내자 역할을 한다.

박연준 작가가 말하는 시는 '이해받고 싶어 하는 장르'가 아니다. 벽에 걸린 그림 앞에서 당신은 어떤 태도를 보이는지 질문한다. 그 그림을 전부 이해할 수 있는지, 어떤 의미가 있는지 가늠할 수 있는가. 예술에는 답이 없다. 리듬 소리, 운율, 색, 맛

그리고 시도 마찬가지다. 그것들을 온전히 이해하기보다 감각해야 한다고 한다. 잘 만들어진 시조차 '태어나는 것'이기에 의미를 찾으려 할수록 아리송해지는데, 『쓰는 기분』을 통해서 시에 대해, 문장에 대해 더 감각적으로 접근해야 함을 배웠다. 글을 잘쓰기 위해 필요한 실제적인 방법도 중요하지만, 글쓰기를 할 때의 마음가짐을 돌아보는 시간도 가질 수 있었다.

저자가 책을 통해 알려 주는 비밀 한 가지는, 시를 쓰고나서 소리 내어 읽어보라는 것이다. 쓴 글을 소리 내어 낭독해 본 적이 있는가? 글을 소리 내어 읽어보면 어색한 단어나 문장이 잘 들어오게 된다. 눈으로만 읽을 때와 또 다른 글의 유연함을 눈과 귀와 입으로 알게 된다. 특별히 시를 읽는다는 것은 호흡과 에너지를 느껴볼 수 있는 것인데, 시를 낭독하는 것은 특별한 묘미가 있다. 산문도 글을 쓴 후, 퇴고할 때 낭독을 하면서 더 깊은 문장으로 변

화될 수 있고 다른 떨림과 진동에 의해 더 나은 문장이 떠오를 수도 있을 것이다.

시를 낭독할 때 눈을 감고 가만히 집중해 듣는 자의 모습은 고결함 자체이다. 시어의 의미를 더 잘 흡수하려는 태도와 들리는 단어와 음성에 의지해 고요한 중에 마음이 움직이는 것이 보인다. 고개를 숙이기도 하고 끄덕이기도 하는 듣는 자의 모습은 아름답다. 그의 과거의 한 장면을 그리고 있는 듯한, 그래서 낭독하는 자와 듣는 자의 소통이 이루어지는 그 짧은 시간이 감동적이다. 훌륭한 연주를 들려주는 자와 듣는 자의 표정 같은 얼굴을 볼 수가 있다. 이러한 전체적인 일들이 마치 책을 읽는 독자와 쓰는 작가와의 호흡이 아닐까?

글을 쓴 후에는 목소리로 연주하듯 내가 쓴 글을 내 목소리로 낭독해 보는 시간을 꼭 가져보는 것이 필요하겠다. 시인은 시적 언어로 표현하기 때문에, 비유와 음악을 입은 문장을 쓴다. 시처럼 쓰인 박연준 시인의 산문은 에너지가 가득 들어있는 아름다운 음악 같다. 나도 모든 생명체를 서로 연결해주는 살아있는 문장을 쓰고 싶다.

시처럼 쓰는 법

재클린 서스킨

김경희

즉흥시를 써서 유명해진 작가가 있다. 고객들이 선택한 주제로 4만여 점의 시를 쓴 재클린 서스킨이다. 그녀는 포엠 스토어(Poem Store)라는 프로젝트를 위해 10년 동안 전 세계를 누비며 시를 썼다. 긴 시간 동안 시를 썼다는 점도 대단한 일이지만, 4만 점이상의 즉흥시를 썼다는 사실이 놀라웠다.

한 분야에서 성공한 사람들의 공통점은 성실성이 전제된다. 재클린 서스킨은 창조적인 시인이 되기 위해 항상 시를 쓰고, 산책하며 생각하고, 매일 새벽 3시에 일어나 글 쓰는 훈련을 했다. 끊임없이 노력한 결과 전업 시인이 된 그녀는 시 쓰는 일로 먹고사는 일이 가능해졌다.

재클린 서스킨에게 시는 단순히 예술의 한 형태가 아니라 세상을 바라보는 시각이고, 고통을 달래주는 진정제였으며 치유의 도구였다. 그녀는 시를 쓰면서 진실을 보는 눈이 열렸고, 고난 속에서도 의미를 발견했다. 시를 통해 근원적인 문제에 집중하게 되면서, 매일 반복되는 지루한 일상에서도 아름다움을 발견하고 영감을 얻었다. 영감의 순간을 기록하고 자신에게 찾아온 감정에 언어를 부여하기 시작하면서 수많은 시를 탄생시킨 것이다.

『시처럼 쓰는 법』은 저자가 시인이 되기까지 시도해 본 방법과 시적 사고를 위해 했던 훈련의 기록이다. 무엇보다 글 쓰는 연습을 통해 자신의 감각에 집중하고, 호기심을 기르고, 세상의 아름다움을 기록할 수 있도록 안내하고 있다. 시 쓰는 일에 헌신적이었던 그녀가 독자들에게 전하는 글쓰기 방법을 소개해 본다.

경외감 깨우기 : 모든 대상, 모든 상황에 깊은 존경심과 경외감을 갖고 대하라. 경외감은 두 눈을 크게 뜨고 세상을 마주하는 일이다.

의미 만들기 : 아주 흔한 대상물이나 상징물이라도 중요성과 정의를 부여하고 연습하라. 일상 속에 흘러넘치고 있는 가치를 발견하게 될 것이다.

목적을 담아 삶을 쓰는 법 : 무엇이건 그 일을 하는 이유를 깊이 생각하다 보면 자신의 목소리를 찾게 된다.

나만의 언어로 생각 공유하기 : 이치에 맞고 이해하기 쉬운 언어로 써낸 글은 타인과 깊게 연결된다. 하지만 평범하다고 느끼는 단어, 추상적인 표현은 피하라.

일상 속 감각 깨우기 : 우리를 둘러싼 모든 소리, 냄새, 풍경, 맛, 느낌에 온 정신을 집중하면 의식이 확장되고 깨어 있게 된다. 예리해진 감각으로 우리를 둘러싼 세계에 주파수를 맞추어라.

고통을 치유하는 글 쓰는 법 : 숨겨진 아픔에 대해서 명상하라. 고통스러운 과정이지만 슬픔과 상실을 언어로 표현하면 치유를 경험하고 회복의 길로 들어서게 된다.

기억을 활용해서 글 쓰는 법 : 수많은 일이 모여 우리의 존재를 만들었기 때문에 과거의 기억을 되짚어 자아의 퍼즐을 맞추면 시가 된다.

기쁨을 발견해 글 쓰는 법 : 하루를 빛내준 작은 사건들과 기념비적인 축하의 순간들을 기록해 두라. 무엇이든 기쁨을 주는 것이라면 가치 있는 시가 된다.

글쓰기를 위한 안정감 찾는 법 : 매일 명상을 통해 자신만의 고유한 통찰이 머무는 시간을 마련하고 자주 걸어라.

글쓰기 리추얼(ritual) 만드는 법 : 항상 시를 쓸 필요는 없지만 매일 글을 써라. 꾸준한 습관은 글을 예리하게 연마하고 녹슬지 않게 한다.

재클린 서스킨의 글을 만나고 나니 갖춰진 재능보다 꾸준한 노력이 시인을 만들어 내고 시인이 되게 하는 것 같다. 영감이 떠오르지 않아서 시를 쓰지 못하겠다고 핑계하지만, 일상의 모든 일을 대할 때 예리해진다면 시적 감각이 깨어날 것 같다.

기자의 글쓰기

박종인

이명희

'글은 무엇일까?' 사전적 의미로 글은 생각이나 일 따위의 내용을 글자로 나타낸 기록이다. '어떻게 쓰면 좋은 글이 될 수 있을까?' 베스트셀러에 답이 있다. 베스트셀러의 특징을 살펴보면 어려운 말이 없고 쉬운 말로 구성된 글이 많다. 문장은 짧고 리듬감이 있다. 요즘 출간하는 책은 긴 글이 많지 않다.

현직 기자로 활동 중인 박종인 작가는 『기자의 글쓰기』에서 글쓰기 전략을 소개한다. <조선일보>에 '박종인 땅의 역사'를 2023년까지 연재한 작가는 기자 활동을 할 때 취재하면서 느낀 점과 사실을 간결하고 쉬운 글로 독자와 만나고 있다. 『기자의 글쓰기』는 총 10장으로 구성되었다. 그중에서 가장 흥미로운 부분은 5장 리듬 있는 문장과 구성이다. "글은 문장으로 주장 또는 팩트를 전달하는 수단이다. 좋은 글은 리듬 있는 문장으로 팩트를 전달한다. 리듬 있는 문장은 입말로 쓴다."(와이즈맵, 2023, 111쪽)

글쓰기 기본은 입말이다. 쉬운 말, 쉬운 문장을 설계도에 따라 배치하면 흥미로운 글이 된다. 문장을 구성하는 방법은 리듬이다. 리듬 있는 글은 속도감을 준다. 또한, 강약이 있으며 물 흐르듯 자연스럽다.

리듬 있는 글은 어떻게 쓸까? 작가는 외형적인 한국말 특성을 100퍼센트 활용하라고 한다. 한국말은 주로 세 글자와 네 글자로 구성되어 있으니 일단 무조건 글을 쓰고 초고를 고치면서 글자 수를 맞추도록 노력하라고 한다. 이 외에도 강조하고 있는 점은 문장 속 단어를 이리저리 순서를 바꾸거나 단어 자체를 바꿔보면 어느 순간 읽기 쉬운 구성이 나온다고 한다. 문장을 고칠 때는 주어·부사·목적어를 바꾸거나 글자 수를 줄여본 뒤 소리 내서 읽어봐야 한다. 이때 쉽고 빠르게 읽을 수 있는 문장이 드러난다. 낭독할 때 술술 읽히는 자연스러운 문장이 눈에 띈다. 수식어를 얼마만큼 절제해서 쓰느냐에 따라 문장에 리듬이 생긴다. 수식어는 꾸미는 말로 달리 말하면 불필요하다는 뜻이다. 글에서 독자들이 읽고 싶어 하는 뼈대와 외형은 주어와 술어임을 명심해야 한다.

글쓰기에서 가장 많이 언급되는 부분은 '의'와 '것'을 절제하는 점이다. '의'와 '것'을 남발하면 리듬이 끊어진다. 가능하면 금지어로 두고 꼭 필요하다면 강조할 때만 사용하도록 해야 한다.

리듬 있는 문장은 단문이다. 문장 하나하나가 짧으면 전체 글에 리듬이 자동으로 생긴다. 리듬 있는 글은 꾸밈이 없고 짧은 문장이며 쉬운 말로 쓴 글이다. 문장을 리듬 있게 하려면 초고에는 쓰고 싶은 대로 쓰고 고칠 때 단문으로 바꾸면 된다. 글이 짧을수록 리듬감이 증폭된다. 독자에게 사랑받는 글을 쓰고 싶다면, 독자가 몰입해서 읽게 만들고 싶다면 리듬 있는 글을 쓰면 된다.

내가 읽고 싶은 걸 쓰면 된다
다나카 히로노부

신주희

"내가 읽고 싶은 걸 쓰면 된다."

"글을 쓰며 살아가는 매일매일은 괴롭지만, 즐겁다."(인플루엔셜, 2024, 5쪽)

　들도 보도 못한 일본 작가의 데뷔작 첫 장에 적힌 두 문장이 나를 홀렸다. '잘나가는 작가나 나나 글쓰기가 괴로운 건 마찬가지구나!'라는 동병상련의 마음이 들었다. '내가 읽고 싶은 글은 무엇인가?'라는 호기심에 페이지가 빠르게 넘어갔다.

일본 최대 광고대행사에서 24년간 카피라이터였던 저자 다나카 히로노부는 카피라이터 특유의 농담 같은 짧은 문장으로 나를 뀐다. 저자는 글 잘 쓰는 기술은 없다면서 장 끝에 '실전 글쓰기'라는 팁을 적어두었다. 작가는 츤데레 스타일인가? 읽을수록 작가의 밀당에 넘어가 이 책에 흠뻑 빠졌다. 자신이 읽고 싶은 글을 쓰고, 그 글을 읽고 기뻐하는 첫 번째 사람은 자기 자신이다. 인생의 주인이 자신이듯 글의 주인도 자신이니 인생을 잘 살아가는 좋은 방법 하나는 바로 '글쓰기'라고 한다. 네가 아니라 나를 위해서, 그러다 보면 글을 쓰는 행위 자체가 인생을 즐겁게 해 주며 갇힌 생각으로부터 해방된다고 한다. 강단 있는 저자의 메시지에 홀려 나도 모르게 '맞아, 맞아'라며 연신 고개를 끄덕였다.

무엇이든 써라, 꾸준히 쓰라고 강조하는 타 작법서와 달리 저자는 아무렇게나 생각나는 대로 쓰면 글을 쓰는 속도는 빠르겠지만, 그런 경우 본인이 썼는데도 읽고 싶지 않은 글이 된다고 한다. 그러니 자신이 어떤 글을 쓰고 싶은지 정의를 내려보라고 권한다. 그 정의가 확실하다면 글을 쓰는 중에 자신이 지금 무엇을 쓰고 있는지 헤매지 않는다고 한다.

저자의 이야기에 내가 어떤 글을 쓰고 싶은지 생각해 본다. 솔직히 수필과 소설, 두 장르를 쓰고 있지만, 어느 부분을 잘한다고 말할 수준은 아니다. 하지만 쓰는 동안 재미있었던 글을 고르라고 한다면 수필보단 소설이다. 내 글 속에 등장인물이 내 아이같이 소중했고 내가 쓴 글의 다음 이야기가 궁금했다. 그래서 어설프지만 매일 한 문장이라도 쓰고 싶었다. 쓰고 싶은 글이 소설이라는 정의를 내리고 나니 뭐라 표현하기 힘든 확신이 생겼다. 이게 저자가 나에게 전하고 싶었던 메시지일까? 지금, 이 글을 읽는 사람 중 어떤 글을 써야할 지 고민하고 있다면 『내가 읽고 싶은 걸 쓰면 된다』에서 답을 찾으면 좋겠다.

　저자 다나카 히로노부는 글 잘 쓰는 방법은 없다면서 3강 22장 '짧은 SNS 글에서도 반드시 기승전결을 고민하라'에서 대놓고 글 쓰는 방법을 알려준다.

　"사상을 접했을 때, 그것에 대해 확실하게 자료를 조사하고 사랑과 존중의 심상을 품게 되었다면 오로지 자신을 향해 쓰면 된다."(인플루엔셜, 2024, 181쪽)

　비법을 알려준다고 모두가 글을 잘 쓰는 건 아니다. 하지만 나를 위해, 나를 향해, 내가 읽고 싶은 글을 쓰려고 노력한다면 나를 사랑하게 될 거라는 확신이 생겼다. 종국엔 누군가의 마음에도 내 글이 닿는 날이 온다고 믿는다. 그 과정에서 분명 아주 많이 글쓰기가 귀찮고 괴로워질 것이다. 그때마다 이 책을 꺼내 읽고 마음을 다잡지 않을까 싶다.

부연

　소제목마다 간략하게 적힌 설명만으로도 충분히 좋은 작법서다. 그러니 책을 다 읽기 어렵다면 목차만이라도 읽기를 바란다.

연과 실

앨리스 매티슨

이수경

단편소설의 매력에 흠뻑 빠져 있을 때 만난 앨리스 매티슨의 『연과 실』은 그 자체로 흥미로운 책이었다. 저자는 세 명의 아이를 키우면서 글 쓰는 시간을 확보하기 위해서 다소 이기적으로 행동할 필요가 있다고 말한다. 글을 쓰기 위한 제반 환경이 잘 갖춰질 때까지 기다리다 보면 심신은 지치고 글의 씨앗은 말라버릴 수도 있기 때문이다.

처음 단편소설을 쓰고자 할 때는 작법서의 도움을 받기보다는 일단 쓰기 시작하라고 앨리스 매티슨은 조언한다. 소설 쓰기 방법에 대해 아는 것이 너무 많으면 거기에 얽매여 자유로운 창작이 어려워질 수 있다고 한다. 책에서 시키는 대로 무작정 따라 한다고 글을 잘 쓰게 되는 것은 아니다. 일단 단편소설을 한두 편이라도 쓰고 나면 생각했던 것과는 달리 소설을 쓴다는 것이 생각보다 어려운 일임을 알게 된다. 머릿속에서 뛰어놀던 인물과 대충의 이야기 흐름이 그려지는 것으로 충분하다고 생각하여 책상에 앉지만, 몇 줄도 쓰지 못한 채 막혀 버리는 경우가 많았다.

저자는 강렬한 감정을 자유롭게 표현하고, 자신이 쓴 글을 비판적인 시선으로 바라봐야 좋은 글을 쓸 수 있다고 말한다. 약간 느슨한 상태로 생각을 떠올리다가 논리적으로 다듬는 것이 그가 소설을 쓰는 방식이다. 글쓰기를 시작할 때는 내면의 비평가를 쫓아내고 느긋하게 풀어져서 아이디어가 자유롭게 떠오르도록 하는 것이 좋다고 한다. 저자는 자신이 쓴 글에 대해서 너무 빨리 판단을 내리지 말라고 한다. 글쓰기 첫 단계에서 지나친 자기검열 때문에 아무것도 쓰지 못하거나 생기 없는 글만 쓰게 되는 것을 경계할 필요가 있다.

반대로 생각 없이 너무 자유분방하게 글을 쓰면 짜임새가 없거나 방향이 없는 글이 될 수도 있다고 한다. 상식 없이 강렬한 감정만으로 글을 쓰면 자기 느낌을 흡족하게 표현하는 아마추어 작가일 뿐이라고 저자는 경고한다. 한 편의 글이 감정이라는 거센 바람에 실려 하늘로 날아가는 연이라면, 그 연을 붙잡을 실도 필요하다는 저자의 통찰에 매혹되었다. 저자는 자유와 통제, 두 가지를 조율하는 것이 소설 쓰기의 중요한 과정이라고 강조한다. 어느 한 곳에 치우치지 않고 균형을 유지하는 것이 좋은 글을 쓰기 위한 밑거름이 될 것이다.

초보 작가가 소설을 구상할 때 자신이나 가까

운 사람의 이야기를 그대로 써도 될지 망설여질 때가 있다. 이 문제에 대해 저자는 이렇게 조언한다. 본인의 삶을 바탕으로 소설을 써도 무방하지만, 실제 인물과 사건의 틀에 지나치게 얽매일 위험이 있기 때문에 등장인물의 이름만 바꾸지 말고 몇 가지 사소한 부분을 덧붙여서 허구의 인물을 만드는 것이 좋다는 것이다. 하지만, 진정한 소설가가 되려면 자전적 이야기에서 벗어나 새로운 소재를 만들어 내는 습관을 키워야 한다고 조언한다.

초보 작가들이 하는 흔한 실수는 중요한 사건 없이 등장인물의 생각과 감정의 묘사만으로 소설을 쓰려고 하는 것이라고 저자는 지적한다. 나 또한 '의식의 흐름' 기법을 이용하여 소설을 쓴답시고 묘사에 치중한 적이 있었는데, 그렇게 하니 소설의 전개가 무척 어렵게 여겨졌다. 저자는 인물의 감정과 내면에서 벌어지는 일만 설명하지 말고 사건을 일으키라고 말한다. 내면 묘사만으로 이야기 전체를 끌고 가기에는 무리가 많으며, 독자에게 긴장감을 주고 다음에 어떤 일이 벌어질지 궁금하게 만드는 요소가 필요하다고 한다.

소설을 쓰는 도중에 세부 아이디어가 떠오르지 않으면 어떻게 하는 것이 좋을까? 저자는 등장인물이 처한 상황에서 어떤 일이 일어날 수 있는지 생각나는 대로 쭉 적어 보라고 한다. 그러다 보면 좋은 아이디어가 나올 수도 있다. 또는 게임을 하듯이 특정한 글자로 시작하는 물건이 등장한다고 가정하는 것도 좋은 방법이라고 한다. 이렇게 무작위적인 것으로 정신을 자극하거나 신문 기사, 사전에서 우연히 본 단어, 엿들은 구절을 활용해서 이야기를 풀어나가는 방법도 추천한다. 때로는 익명성을 느낄 수 있는 장소로 가거나 전시회 관람하기, 하루키처럼 음악을 듣는 것도 생각이 환기되어 막힌 이야기가 술술 흘러나올 수 있게 도움을 줄 수 있다고 한다.

앨리스 매티슨의 글에 용기를 얻어 마음에 연을 띄우고 상상의 나래를 펼쳐본다. 때로는 바람이 불지 않아 연이 바닥에 떨어지기도 하고 때로는 영감이 떠올라 하늘 높이 날아오르기도 한다. 내가 쓴 글이 나에게만 소중하고 이해 가능한 글이 되지 않도록 실을 당겨 고치고 다듬는다. 쓴 글을 이성적으로 점검하고 다시 연을 띄운다. 이러한 과정의 부단한 반복을 통해 좀 더 나은 글을 쓸 수 있을 것이라 믿는다.

일주일에 서너 번,
혹은 한 달에 한두 번이어도 좋습니다.
일단 선택한 단어의 사전적 정의를
정확하게 인지하고 다음에
나만의 의미를 부여하는 겁니다.

- 원재훈의 '시의 쓸모'에서 -

5장

헤밍웨이, 글쓰기의 발견

어니스트 헤밍웨이

이명희

『노인과 바다』『무기여 잘 있거라』『누구를 위하여
종은 울리나』『에덴의 동산』등, 전 세계적으로 뛰
어난 소설가로 인정받고 있는 어니스트 헤밍웨이
의 글쓰기 책이 있다. 과연 헤밍웨이가 생각하는 글
쓰기는 무엇일까?

어니스트 헤밍웨이가 쓰고 래리 W. 필립스가
엮었으며 박정례가 옮긴 『헤밍웨이, 글쓰기의 발
견』은 2024년 3월에 출간된 글쓰기 책이다. 이 책에서는 글쓰기의 발견과 작가의 발견이라는 두 주제로 독자에게 헤밍웨이 생각을 들려준다.

결론적으로 말하자면 기존의 글쓰기와는 달리, 인터뷰형식으로 헤밍웨이가 생각하는 글쓰기를 독자에게 들려준다. 책을 읽으면서 '어, 이게 뭐지? 뭐라는 거야?'라는 반응과 '글쓰기 책을 이렇게 편하게 읽을 수 있구나'라는 반응을 했다.

"글을 끝내기 전에 온 세상을, 아니 제가 보았던 만큼은 그려 내려고 노력하고 있습니다. 그리고 세상을 얇게 펼쳐 내기보다는 늘 압축하고 요약해 내려고 합니다."(스마트비즈니스, 2024, 14쪽)

첫 문장을 읽은 후 머리가 복잡했다. 도통 무슨 말인지 알 수 없었다. 문장을 한참 들여다보고 나서야 그가 말하려고 하는 의도를 알았다. 헤밍웨이는 있는 그대로 진실되게 내가 보았던 만큼 쓰고 상징적 표현을 쓰지 말라고 한다. 또 실감 나게 글을 쓰고 그 일이 실제로 작가에게 일어났던 일처럼 보이기 위해서는 1인칭 시점을 사용하라고 한다. 1인칭 시점은 글 쓰는 이들이 가장 접근하기 쉬운 방법이고 이야기를 사실적으로 묘사할 수 있다.

"글을 쓰는 것은 사실 매우 간단합니다. 타자기 앞에 앉아서 피를 흘리기 시작하면 됩니다."(스마트비즈니스, 2024, 18쪽)

헤밍웨이는 글을 쓸 때 사실대로 쓰고, 과장되지 말아야 하기에 피를 흘린다는 표현을 썼다. 그만큼 글쓰기는 쉽지 않다는 말이다. 창작은 근사한 일이지만, 실제로 일어나지 않을 것 같은 일은 꾸며낼 수 없다.

『헤밍웨이, 글쓰기의 발견』에서는 글을 이렇게 저렇게 쓰라고 구구절절 지침서처럼 이야기하지 않는다. 그 점이 바로 이 책의 강점이다. 논리 정연하게 쓰이지 않아도 인정받은 소설가 선배가 후배들에게 들려주는 글쓰기 지혜를 이야기한다. 옆에서 들려주듯이 글쓰기란 무엇인지, 작가는 어떤 마음을 가지고 써야 하며 어떤 방법으로 써야 하는지를 담백하게 말한다. 이론서 같은 글쓰기가 힘들다면 인생 이야기처럼 들려주는 헤밍웨이 글쓰기가 도움이 될 것이다. 헤밍웨이 말처럼 글쓰기는 고통과 기쁨을 주는 삶임을 그 누가 부정할 수 있을까.

뼛속까지 내려가서 써라
나탈리 골드버그

신주희

엄마 나이쯤 되는 MBTI 'F' 성향의 잔소리꾼 언니
가 생겼다. 언니의 이름은 나탈리 골드버그. 나탈리
언니는 37년 이상 글쓰기와 문학을 가르쳐온 세계
적인 명성의 글쓰기 강사다. 1986년에 출간된 『뼛
속까지 내려가서 써라』는 글쓰기에 도전하는 사람
이라면 꼭 읽어야 할 필독서가 되었다. 그 뒤에도
글쓰기 관련된 책을 출간했다. 『뼛속까지 내려가서
써라』에서 만난 나탈리 언니의 첫인상은 별로였다.
작법을 알려달라 했더니 선(禪) 수련 얘기하지 않나,

날 언제 봤다고 '이건 해라, 저건 하지 마라'라며 조언을 한다.

뼛속까지 청개구리에 MBTI T 90% 이상인 나는 "실천적으로 글을 쓴다는 의미는 궁극적으로 자신의 인생 전체를 충실하게 살겠다는 뜻이다."(한문화, 2018, 17쪽) 라는 문장을 읽다가 '뭐? 글쓰기를 하지 않으면 인생을 막산다는 거야! 글쓰기가 뭔데 이렇게 거창해'라며 어깃장을 놓았다. 삐뚤어져야겠다는 생각이 들자마자 이 언니는 '강박관념을 탐구하라' 장에서 작가란 결국 자신의 강박관념에 관해 쓰게 되어 있다며 한술 더 뜬다. '강박관념? 나는 없는데. 그럼 나는 쓸 소재가 없어서 글을 못 쓰겠네. 웃기시네'라며 책을 그만 읽을까 생각했다. 그렇게 흥분하는 내게 더 다정하게 글쓰기 방법을 말해준다. 세부 묘사가 글쓰기에 얼마나 중요한지, 사물을 볼 때 고유한 이름을 불러주면서 글이 얼마나 풍성해지는지 직접적으로 어떻게 쓰라고 가르쳐주지는 않지만 읽는 동안 자연스럽게 배우게 된다. 나탈리 언니는 밀당의 고수이거나 나 같은 모지리 동생들까지도 보듬을 수 있는 아량이 넓은 사람인 것 같다.

책은 총 62장이지만 장마다 페이지 수가 많지 않아 빨리 읽힌다. 나탈리 언니의 말처럼 처음부터 읽어도 좋고 손이 가는 대로 펼쳐 놓고 읽어도 좋다. 나는 목차대로 읽었다. 그중 41장 '의심이라는 생쥐에게 갉아 먹히지 말라'와 50장 '규칙적인 연습은 창조력을 마비시킨다'라는 장이 가장 기억에 남는다. '누가 내 글을 읽겠어?', '시간 아깝게 돈도 안 되는 글을 왜 쓰는 거야?', '난 글쓰기에 재능이 없어. 재능 있는 사람들이나 쓰는 거지' 등 의심과 의혹이 하루에도 몇 번씩 든다. 그런데 잘나가는 나탈리 언니도 이런 생각을 했다고 한다. 그런 의심과 의혹에 귀 기울이지 말라며, 의혹이 이끄는 곳으로 가봤자 고통과 부정적인 마음만 만나게 될 뿐 글쓰기에는 도움이 '1'도 되지 않는다고 격려해 준다.

작가가 되고 싶다면서 규칙적으로 글쓰기를 하지 않는 내가 게을러 보여 한심하게 느껴질 때가 있다. 나탈리 언니가 내 마음을 어떻게 알았는지 매일 글을 쓰는 사람 중 별다른 효과를 보지 못하는 사람들도 있으니 힘내라고 한다. 매일 글을 쓰지만, 효과를 보지 못하는 이유는 글쓰기를 의무감으로 했기 때문이라고 한다. 의무감으로 글을 쓰고 있다면 당장 글쓰기를 그만두고 잠시 글쓰기와 거리를 두라고 한다. 무언가를 말하고 싶은 갈증을 느껴, 말하지 않으면 병이 날 것 같을 때까지 기다렸다가 글을 쓰라고 한다. 그렇게 말해줘도 계속 칭얼거리는 나에게 언니는 마지막으로 예를 들었다. 글쓰기를 결심한 날, 갑자기 아이를 치과에 데려가야 한다면 짜증내며 글쓰기를 포기하지 말고 치과 대기실에서 글을 쓰면 된다고 한다. 시간과 환경에 신경 쓰지 말고 자신에게 충실하고 정직하게 몰입해 글을 써 내려가라고 한다. 나탈리 언니의 얘기를 읽다 보니 매일 책상에 앉아도 아무것도 써지지 않을 때가 있었고, 가끔이긴 하지만 자면서도 내일 아침에 이건 꼭 써야겠다는 생각이 들어 눈 뜨자마자 글을 썼던 때가 생각난다.

나탈리 언니는 글을 쓰는 친구나 모임이 있으면 글쓰기에 도움이 된다고 한다. 나는 『뼛속까지 내려가 써라』를 통해 친구이자 글쓰기 선생님인 나탈리 언니를 만났다. 언니 말대로 이 책을 읽는 것으로 끝내지 말고 뭐라도 써야겠다.

365일 작가연습

전옥랑

『365일 작가 연습』은 단순히 글을 잘 쓰기 위한 책이 아니라 철저히 작가가 되기 위해 연습하는 책이다. 하루 15~20분, 자유롭게 제멋대로 쓰는 글쓰기 훈련 시간. 작가라면 누구든지 하루 중 일정한 시간을 정해놓고 쓰는 훈련이 필요하다고 주디 리브스는 이야기한다. 글쓰기를 재능으로 여기지만, 사실은 누구보다 많은 연습과 노력이 있어야 하고 글쓰기의 저항력을 줄이는 거침없이 쓰는 훈련이 필요하기 때문이라고 한다.

글쓰기 연습을 할 때는 폭넓은 주제보다 세부적인 사건과 시간, 구체적인 관계 그리고 제한된 시간 동안 집중적으로 쓸 것을 제시하는데 '구체적으로 쓰고 묘사할 것'을 강조한다. 예를 들어 우리가 어릴 때 어떤 집에서 살았고 부엌은 어땠는지, 마당은 어떤 모양이었는지, 첫 데이트의 느낌을 떠올려 보라며 끊임없이 과거를 상기하게 하고 그것을 시각화할 수 있도록 써보라고 권한다. 이와 더불어 기록의 중요성을 이야기하는데 "자신의 삶 주변에서 떠도는 재미있는 생각, 정보, 생각을 습관적으로 기록"하라고 한다.(스토리유, 2012, 62쪽) 이렇게 자료를 모으는 것이 작가가 되기 위한 기초 훈련이라는 것이다.

책을 읽다 보면 간혹, 세상일과 사회에 대해 말하지 않는 것은 작가가 될 자격이 없다는 글들을 만나게 되는데 그럴 때마다 내 가슴은 점점 작아진다. 작가가 되기를 원하면서도 아직 세상일에 대해 시

시비비를 가리거나, 사회문제에 대해 글을 쓸 만큼 역량이 있거나, 큰 관심이 있지 않기 때문이다. 이에 대해서도 주디 리브스는 말한다.

"전쟁이나 평화, 사랑, 굶주림, 탄압 같은 거창한 주제만을 다루어야 할까? 아침에 부겐빌리다에 쏟아지는 햇살이 인상 깊었던 사람은 그 햇살에 대해 써야 한다."라면서 "당신의 관심을 끄는 일, 당신이 이해하지 못하는 일, 당신이 더 알고 싶은 일을 쓰라."(스토리유, 2012, 224쪽)고 한다. 내 욕구를 억누르지 않고, 원하는 건 말할 수 있으며 무엇이든 주장하고 묘사할 수 있을 때 좋은 작품이 나온다고 작가는 이야기한다. 그녀의 이러한 시선은 나의 마음을 한결 편하게 해주었다.

이 책에서 나의 시선을 끄는 또 한 가지 부분은 동사를 더 까다롭게 부사는 더 적게 쓰라며 구체적인 예시를 들어준 점이다. 예를 들어 어떤 모습을 표현할 때는 그 모습을 좀 더 분명히 보여줄 수 있는 동사를 찾고, 이미지를 그려보면서 그 행동을 묘사하는 단어를 떠올려보라고 제시한다. 진부한 동사를 썼다면 한 단어, 한 단어씩 다른 단어로 대체해 보는 훈련을 하는데 이 과정에서 사전으로 유의어를 찾아보라고 추천하고 있다. 글쓰기의 기교는 바로 이 부분에서 시작한다고 작가는 이야기한다. 작가들의 글솜씨는 재능에서 왔다고 생각했는데 요즘 글쓰기 책을 읽으며 그런 생각들이 바뀌고 있다. 유명 작가들조차 끊임없이 글 연습을 했는데 나 같은 사람은 얼마나 노력해야 한다는 것일까?

저자는 사람들이 직업을 물으면(생계를 유지하기 위한 생업이 따로 있다고 하더라도) 거침없이 작가라고 대답하라고 권유한다. 사실 나는 나 자신을 작가라고 말하는 게 어색하고 민망하다. 그저 '책 한 권 냈다고 작가라고 해도 되는 걸까?' 하는 생각을 했었다. 주디 리브스는 글 쓰는 이가 작가 자아를 존중해야 한다고 이야기한다. 그 방편의 한가지로서 우리가 자신을 작가라고 말해야 하는 것을 강조하는데 이는 삶에서 글쓰기가 우선임을 재확인하고, 그것이 내 글에 대한 합당한 대접이라는 이유이다. 이와 더불어 글쓰기 훈련에 시간을 투자하는 것 또한 자신을 작가로 존중하는 방법의 하나라고 말한다.

유명 작가들도 글쓰기로는 돈벌이가 되지 않아 여러 가지 일을 했다. 그럼에도 불구하고 쓰는 일을 했던 그들. 그리고 우리 시대의 작가들. 우리는 왜 아무도 봐주지 않고 돈이 되지도 않는 글쓰기를 하는 걸까?

저자는 우리가 글을 쓰는 이유를 목적지에 도착하기 위해서가 아니라 여행의 과정을 즐기기 위해서라고 했다. 글 쓰는 과정에서 자기를 발견하고, 상상력의 오지를 탐구하며, 존재의 목소리를 낼 수 있기 때문이라고. 이런 작가의 말처럼 우리가 아름답게 창조된 한 인간으로서 삶을 여행하는 일, 그것의 발자취를 기록하는 과정이 바로 글쓰기가 아닐까. 더불어 삶의 여행 중 자연스럽게 따라오는 자아 성장은 그 무엇보다 큰 선물이 아닐까.

끝까지 쓰는 용기

고선애

글쓰기의 비결이란 무엇일까? 정여울 작가의 『끝까지 쓰는 용기』에는 조금씩, 꾸준히, 매일 글을 쓰는 작가의 사실적인 이야기가 있다. '꾸준히 쓰기'의 강점을 글 쓰는 사람이라면 누구나 잘 알고 있으리라. 비결이라고까지 할 것도 없이 '계속해서 쓰는 것'이 가장 좋은 글쓰기 방법이면서, 동시에 가장 어려운 방법이다. 그렇기 때문에 우리가 글쓰기 책들을 찾아서 읽어보는 것이 아닐까? 정여울 작가는 글을 세상에 내어놓았을 때 잘 될지 안 될지 고민하지 않고, 무언가를 해내야겠다는 부담감에서 벗어나 무작정 쓰는 일을 기쁘게 하면 된다는 이야기를 전한다.

글을 쓰면서 내면의 나를 만나고 그 안에서 흘러나오는 글을 통해 새로운 내가 되는 경험을 하면 매일 쓰는 사람이라는 사실이 기쁘게 느껴질 것이다. 글쓰기는 나만의 이야기를 아름다운 기억으로 생생하게 끌어내어 또 하나의 희망을 찾아내기도 한다. 내 경험의 아픔을 풀어냄으로써 읽는 이에게 따스한 위로가 될 수 있다면 작가로서 가장 큰 기쁨이 될 수 있을 것이다. 그러기 위해서 정여울 작가는 글쓰기 자체를 사랑해 보자고 한다. 글을 쓴다는 행위만으로도 기쁨이 될 수 있지만, 쓰기 대상을 뜨겁게 사랑하면 밝은 에너지가 나온다고 했다. 그 대상을 향해 취재할 때 열정을 가지고 쓸 수 있고 자료를 수집할 때도 더 좋은 글을 만들 수 있다는 것이다.

밝은 에너지에는 먼저, 내 글을 좋아해 주는 태도가 필요하다. 조금이라도 비관적인 전망이 든다면 그런 생각과 싸워 이겨야 하겠다. 글이 새롭지도 않고, 지루하고, 진정성이 없다고 나 스스로 비판한다면 과연 누가 내 글을 좋아해 줄까? 누가 내 글을 읽기나 할까? 부정적인 생각은 말 그대로 적이다. 그런 걱정이 들기 시작하면 글을 쓸 수가 없기 때문이다. 작가는 한 사람이라도 내 글을 읽고 공감하는 사람이 있을 것이라 생각하고, 그 한 사람을 위해 글을 쓰라고 한다. 용기를 내고 외로운 마음이 들어도 나를 위로하는 마음으로 글을 써보라고 한다. 그런 글이 결국 나와 같은 생각을 하는 독자와 소통할 수 있기 때문이다. 그렇게 타인에게 끊임없이 내 글을 보여주는 것이 소통의 시작이 될 수 있다. 그래서 우리는 늘 써야 한다. 한 명이라도 긍정해 주고 공감해 주면 그것이 치유의 글쓰기가 되는 것이다.

다른 무엇과도 바꿀 수 없는 쓰는 일. 그 일이

내 안에서 너무 소중하기 때문에 글 쓰는 일에 전심을 다 해야겠다. 『끝까지 쓰는 용기』를 접하면서 이 사실을 명징하게 깨닫게 되었다.

유시민의 글쓰기 특강

유시민

김경희

주변에 글 쓰는 사람이 많다. 나도 육십이 넘으면서부터 글 쓰는 사람으로 살고 싶어서 글을 쓰고 있다. 내가 쓰는 글이 좋다는 확신은 없지만 말이다. 꽤 유명해진 작가 중에 글 쓰는 사람이 되겠다는 목표를 세운 적 없었던 사람이, 글 쓰는 방법을 배우지도 않았는데 글쓰기를 직업으로 삼은 사람이 있다. 언론을 통해 날카로운 논리로 상대방의 허점을 들추어내면서 논쟁 잘하기로 소문난 유시민 작가다.

그는 글쓰기가 두려운 사람들에게 두려움을 이

기기 위해서는 글쓰기에 익숙해지라고 말한다. 글을 잘 쓰기 위해서는 방법을 배우는 것만으로는 충분하지 않으니 몸으로 익히고 습관을 들이라는 것이다. 글쓰기는 자신의 내면을 표현하는 행위이므로 글을 써서 인정받고 존경받고 싶다면 그에 어울리는 내면을 가지라고 한다. 표현할 내면이 거칠고, 황폐하면 좋은 글을 쓸 수 없으니 말이다.

이 책은 논리적 글쓰기 일반론으로 서두에 논증의 미학에 대해서 다루고 있다. 논증은 소통하는 데 필요한 요소다. 그러니 논증의 아름다움을 제대로 보여주는 글을 쓰고 싶다면 논리적으로 앞뒤가 맞게 생각하라고 한다. 토론하는 일, 논쟁하는 일에 관심이 많은 내가 유시민 작가의 말과 글에 고개를 자주 끄덕였던 이유는 그가 논리적으로 앞뒤가 맞는 말을 하고 글을 썼기 때문일 것이다.

그가 철저히 지키고 있다는 논리적인 글쓰기

규칙은 1) 취향 고백과 주장 구별하기 2) 주장은 반
드시 논증하기 3) 처음부터 끝까지 주제에 집중하
기다. 작가는 이 세 가지 규칙을 잘 따르기만 해도
어느 정도 수준 높은 글을 쓸 수 있다고 한다.

유시민 작가는 글을 문학적인 글쓰기와 논리
적인 글쓰기로 나누었다. 시, 소설, 희곡은 문학적
인 글로 무언가를 지어내는 상상력, 남들과 다른 방
식으로 느끼는 감수성을 타고나야 잘 쓸 수 있다고
한다. 그러나 에세이, 평론, 보고서, 칼럼, 보도자료,
운동경기 관전평, 신제품 사용 후기, 맛집 순례기
같은 글은 논리 글로 문학적인 글쓰기보다 재능의
영향을 훨씬 덜 받는다고 한다. 글 쓰는 사람이라면
글이 잘 써지지 않을 때 재능을 탓하지만, 시나 소
설이라면 몰라도 생활 글쓰기나 논리 글쓰기는 재
능 탓이 아니라 노력 탓이라는 작가의 설득에 고개
를 끄덕인다.

글을 잘 쓰기 위해 작가가 추천하는 방법은 텍스트 발췌와 요약이다. 발췌는 텍스트에서 중요한 부분을 가려 뽑아내는 것이고 요약은 핵심을 추리는 작업이다. 그는 요약 잘하는 것 하나로 『거꾸로 읽는 세계사』를 써서 '베스트셀러 작가'가 되었다. 알렉산드로 솔제니친이라는 작가는 『이반 데니소비치의 하루』라는 소설 전체를 두 문단으로 요약했다고 한다. 텍스트 요약은 단순한 압축 기술이 아니라 요약하는 사람의 사상과 철학을 반영하여 생각과 감정을 표현하는 것이라고 하니 실천하면 좋을 것 같다.

글의 분량에 대한 작가의 생각은 길게 쓰는 것보다 짧게 잘 쓰기가 어렵다고 한다. 똑같은 정보와 논리를 담는다면 2,000자보다는 1,000자로 쓰는 것을 권유한다. 짧은 글은 읽는 데 시간이 덜 드는 만큼 경제적 효율성이 높고, 압축하면 군더더기를 없앨 수 있기 때문에 글의 예술성이 높아진다는 것이다.

오신나 에세이 클럽의 작가들이 함께 쓰고 있는 '나를 홀린 글쓰기 32'도 발췌와 요약을 바탕으로 한 글쓰기다. 우리는 이런 과정을 통해 텍스트를 자기만의 소망과 의지와 태도에 따라 요약하면서 좀 더 나은 글을 쓰기 위해 연습하고 있다.

"글을 읽고 쓸 수 있다는 것은 문명이 선사한 축복이다. 우리는 시대의 축복을 받아들이고 특권을 즐겨야 한다. 이것이 내가 직업적 글쟁이로서 자주 쓰는 정신승리법이다."(유시민의 글쓰기 특강, 생각의길, 2015, 275쪽)

글은 아무리 소품이든 대작이든
마치 개미면 개미, 호랑이면 호랑이처럼
머리가 있고 몸이 있고 꼬리가 있는 일종의
생명체이기를 요구하는 것이다.

- 이태준의 '문장강화'에서 -

6장

퇴고의 힘

맷 벨

신주희

여러 차례 글쓰기 수업을 들었다. 숙제는 매번 꼴찌로 제출했다. 마감날이 다가오면 그제야 첫 문장을 썼다. 제출하기에 급급해 내 글쓰기에 퇴고는 존재하지 않았다.

최근 단편소설을 끄적거리면서 '초고는 쓰레기'라는 말에 전적으로 동의한다. 동의만 할 뿐 실천은 생각대로 되지 않았다. 딸의 문제집을 사러 간 서점에서 우연히 '그 초고는 쓰레기다'라는 문구가 적힌 표지를 발견했다. 『퇴고의 힘』지금 내게 딱 필요한 책이었다.

1장 초고 : 첫 번째 원고 이야기를 만들어보자.

2장 개고 : 두 번째 원고 거의 다시 써야 한다.

3장 퇴고 : 세 번째 원고 아직, 끝이 아니다.

총 3장으로 구성된다. 쓰레기지만 초고를 몇 번 썼고 지금 고쳐 써야 할 초고가 있다. 이 쓰레기를 어떻게든 살려내고 싶어 마음이 급하다. 저자의 개고, 퇴고 비법을 쏙쏙 빼먹어야겠다는 생각에 1장보다 2, 3장을 더 집중해서 읽었다. 초고조차 쓰지 못한 독자라면 1장부터 집중해서 읽기를 권한다. 그리고 "쓰기 시작하라. 그러면 초고가 나올 것이다. 쓰다 보면 초고는 반드시 나온다."(월북, 2023, 25쪽) 라는 저자의 말을 함께 전하고 싶다.

개고나 퇴고를 시작하기 전 일상적 삶을 위한 시간과 예술적 삶을 위한 시간을 가지라고 한다. 그

원고에서 조금 떨어져 내 개인 생활에 집중하고 다른 무언가를 쓰다 보면 그 작품을 선입견 없이 보게 되고 다시 뛰어들게 된다고 한다. 지금 내 상태가 그렇다. 초고를 쓴 지 한 달이 넘어가니 내가 어떻게 썼는지 궁금해지고 다양한 아이디어가 떠올라 덧대어 쓰고 싶다. 내 초고 문서에 직접 작성 방법으로 퇴고를 하려 했다.

저자는 초고 첫 페이지부터 다시 타이핑하는 것으로 개고를 시작하라고 권한다. 확신이 없을 때는 다듬지 말고 고쳐 쓰라고까지 한다. 한마디로 초고를 거의 다 버리고 다시 쓰라는 것이다. 피곤함과 귀찮음이 엄습한다. 하지만 원고를 소리 내 읽기, 한 페이지에 한 장면씩 나누기, 감각 및 상태 서술어 줄이기, 너무 뻔한 단어 조합 피하기, 가장 약한 문장, 강한 문장 표시하기 등 저자가 직접 실천한 실용적인 방법들을 제시하며 힘 빠진 내게 '너도 할 수 있어'라고 응원한다.

저자는 첫 장편의 원고로 500페이지를 썼지만, 출판사에 넘길 때는 약 300페이지, 출간할 때는 250페이지로 줄였다며, 불필요한 문장과 내용은 이것저것 따지지 말고 잘라내라고 말한다. 그렇게 남아 있는 내용이 독자에게 필요한 것이며, 잘라냈다고 완전히 버림받는 게 아니니 걱정하지 말라고 한다. 고치고 또 고치는 습관이 몸에 배면 분명 글 쓰는 모든 순간을 즐길 수 있게 된다는 저자의 말처럼 나도 언젠가 그 순간을 맞이해 웃을 수 있을까?

개고와 퇴고는 용기와 결단력이 필요하고 시간도 많이 든다. 어려운 과정이다. 하지만 이 과정을 거쳐야 글쓰기가 완성된다고 믿어보려 한다.

refuse to be done

아직, 끝이 아니다.

결국 글은 쓰는 것이 아니라 다듬는 것입니다

야마구치 다쿠로

전옥랑

얼마 전 책을 출간하면서 퇴고가 얼마나 중요한지 실감했다. 그래서 글쓰기 관련 책을 찾아볼 때도 퇴고에 관한 책에 먼저 눈길이 갔다. 헤밍웨이도 『노인과 바다』를 쓸 때 20번 넘게 고쳐 썼다고 하지 않았던가. 글을 쓸 때는 열정적으로 써 내려가고 그후, 냉정한 눈으로 글을 다듬을 것.

　『결국 글은 쓰는 것이 아니라 다듬는 것입니다』의 저자 야마구치 다쿠로도 그렇게 이야기하고 있다. 이 책은 글을 어떻게 다듬는지에 관한 여러 방법론에 대해 설명한다. 내 글을 퇴고할 때 신경을 많이 썼던 부분을 저자도 공통으로 이야기하고 있어서 그 내용을 중점적으로 써본다.

저자는 글쓰기에는 '글을 쓰기 전 준비하는 과정'과 '다 쓴 후 퇴고하는 과정'이 포함되고 퇴고와 교정에 힘을 쏟으라고 강조하며 다듬는 포인트로 네 가지를 제시한다.

첫째, 초고를 쓴 후 시간 간격을 두고 읽어보기

둘째, 프린트해서 읽기

셋째, 제삼자에게 읽어보게 하기

넷째, 음독하기

이 중 두 가지를 살펴보고자 한다. 첫째로는 초고를 쓰고 바로 다시 읽어보는 게 아니라 2~3일 후, 일주일 후, 보름 후 시간 간격을 두고 읽어보는 것이다. 이것은 작가들이 공통으로 하는 이야기이기도

하다. 이렇게 잠시 글에서 떨어지는 시간을 둠으로써 내 글을 객관적으로 볼 수 있게 되는데 객관성이 늘어나면 부족한 내용, 어색한 흐름, 부적절한 단어, 오탈자 등이 눈에 훨씬 잘 들어오게 된다고 한다.

저자는 또한 소리 내어 읽는 음독을 하라고 권유한다. 음독이 중요한 이유는 "눈에 들어오는 모든 정보를 입으로 말하는 과정에서 언어 변환 작업이 이루어지기 때문에 한 글자도 흘려 읽을 수가 없다. 특히 소리 내어 읽다 보면 글의 흐름이나 리듬이 나쁜 부분이 쉽게 눈에 들어오기 때문"(사이, 2019, 210쪽)이라고 한다. 글이 지루하지 않기 위해서는 리듬감이 필요한데 음독의 중요성을 놓치고 있었다. 앞으로 글을 퇴고할 때는 소리 내어 읽어보기를 꼭 실천해야겠다.

글을 쓸 때 문장이 길어지면 꼬이기 때문에 글을 쓴 사람의 의도를 정확하게 파악하기 힘들 때가 있다. 이런 경우, 먼저 문장을 끊어서 짧게 써보도록 하고 이후에 주어와 서술어의 위치를 살펴본다. 정확한 뜻을 전달하기 위해서는 주어와 서술어의 호응을 확인하고 최대한 주어와 서술어가 가까이에 위치할 수 있게 고쳐보라고 저자는 이야기한다.

또 한 가지 주의해야 할 것은 수동적 표현이다. 수동 표현이 많은 글은 주체가 명확하지 않아 읽는 사람 관점에서 보면 어딘가 석연치 않고 적당히 얼버무리는 인상을 주기 때문에 무책임한 글이라는 느낌을 준다고 한다. 우리나라 사람들은 습관적으로 수동형 문장으로 글을 쓰는 경우가 많다.

나 또한 수동형 문장을 많이 쓰는데 의식하지 못했다. 이 부분을 인지하고 나서 쓴 글을 다시 읽어보니 수동형 문장들이 넘쳐나고 있었다. 실제로 퇴고할 때 수동형 문장을 중점적으로 고치기도 했다. 처음에는 능동형 문장에 익숙하지 않아서 수동형에서 능동형으로 문장을 고치면 어색하게 느껴졌다. 하지만 여러 번 읽어보니 능동형 문장이 훨씬 자연스럽고 편하게 읽혔다. 의식적으로 능동형 문장을 쓰려고 노력하고 주의를 기울인다면 더욱 좋은 글이 될 것이다.

수동태의 특징	능동태의 특징
문장구조가 복잡	문장구조가 단순
추상적이고 객관적	구체적이고 주관적
설득력 부족	설득력 있음
책임을 회피하는	책임을 지고 말하는
(듯이 보임)	(듯이 보임)

이 외에도 저자는 글의 건조함을 피하려면 대화체를 사용하라고 이야기하는데, 대화체를 섞어 쓰면 현실감과 생동감이 한층 올라가서 '동작'이 살아난다고 한다. 나 역시 글을 쓸 때 대화체를 종종 사용했었는데 대화체를 쓰는 것이 글을 가볍게 보이게 하는 것 같아서 대화체를 구어체로 바꾸기도

했다. 하지만 오히려 대화체가 글을 생동감 있게 만든다니 눈여겨볼 만하다. 저자는 현장에 있는듯한 효과를 내기에는 대화체보다 더 좋은 방법은 없다고 말하고 있다.

마지막으로 기억에 남은 것은 첫 문장의 중요성이다. 저자는 독자의 흥미와 관심을 끌 만한 이야기를 쓰고 싶다면 흔한 내용으로 첫 문장을 시작하는 일은 피하라고 한다. 실제로 작가들이 첫 문장에 공을 많이 들이고, 나도 글을 쓸 때 조금 더 신경을 쓰는 부분이기도 하다. 첫 문장 후에 어떤 내용이 이어질까 하는 호기심을 유발하기 위해서 긴 설명보다는 짧고 인상 깊게 쓰려고 노력한다.

글을 많이 읽고 쓰는 부단한 노력을 하고 그다음으로 이러한 방법론적인 것들을 익히고 배우며 내 글에 적용한다면 조금씩 발전하는 글을 쓸 수 있지 않을까? 매일 조금씩 나아지는 글에 대한 희망을 품는다.

삶은 언제 예술이 되는가   **김형수**

김경희

작가가 갖춰야 할 기본 소양에는 어떤 것들이 있을까? 이름 있는 작가들이 말하는 바는 문학적 재능, 성실성, 풍부한 어휘력, 독서, 끈기, 창의력, 작가 의식 등이 있다. 시인이자 소설가, 평론가로 치열하게 살아온 김형수 작가는 말한다. 작가가 되기 위해서는 제반의 실천적 확립과 노력에 앞서 '가치관'을 바로 세워야 한다고.

　그는 『삶은 언제 예술이 되는가』에서 작가가 되기 전에 갖춰야 할 자세와 마음가짐에 대해서 안

내한다. 그래서 이 책은 작가가 되고자 하는 사람들, 문학을 알고자 하는 이들에게 보내는 헌사와 같다.

김형수 작가가 말하는 작가의 기본 소양은 '가치관의 정립'이다. 그는 작가라면 모름지기 문학적, 창작적, 작가적 가치관을 확립한 후에 온몸으로 글 쓰는 일을 밀고 가야 한다고 주장한다. 그러기 위해선 고독을 이기는 의지가 필요한데 문학적인 고독은 혼자서 이겨내기보다 창작 에너지가 증폭되는 관계망을 형성하면 좋다고 한다.

이 책은 김형수 작가가 대학 일대에서 15년 넘게 강의하면서 얻은 문학관에 대한 이론들을 기록했다. 이론과 아울러 쓰는 일과 사는 일이 어떻게 닮았는지, 창작에 필요한 지식과 가치관은 무엇인지에 대해서도 언급하고 있다.

저자는 고등학교 시절, 문학은 정치적이고 경

제적인 것을 추구하지 않고 보다 영원한 가치를 꿈꾼다고 생각했다. 하지만 5.18 현장에서 광주 시위대의 일부가 되면서 자기 공동체의 미래와 한 몸이 되는 것이 문학이고, 그것이 작가가 존재하는 이유임을 깨달았다.

이후로 상식과 진실이 일치되지 않을 때 글 쓰는 사람은 어떻게 해야 하는지 고민했고, 참다운 지식인은 정치 밖에 서 있을 수 없다는 신념을 갖게 되었다. 그는 결국, 운동권 문학을 하는 사람으로 계몽적 가치에 사로잡혀 아홉 권 정도의 책을 출간했다.

40대를 맞이하면서는 어떤 가치를 절대화하고 신념화하는 것은 바람직하지 않다는 결론에 도달한다. 작가는 어떤 가치를 전달하는 자가 아니라 문학이라는 이름으로 세계의 무엇에 이름을 부여하는 자라는 의식을 갖게 되었다고 한다.

시대의 흐름에 따라 작가 의식과 문학에 대한 가치관을 갖게 된 그는 후배 작가들에게 말한다. 문학은 삶에서 흘러나오는 것이고, 창조 활동이기 때문에 현실을 모사하지 말고 자기가 사용할 수 있는 모든 것을 사용해서 글을 쓰라고.

또 글을 잘 쓰기 위해서는 많이 쓰는 다작의 주술에서 빠져나오라고 한다. 시 백 편을 쓰면 그중에 다섯 편쯤은 명시가 나오겠거니 생각하는 것은 황당한 일이기에 오히려 정반대로 단 한 편의 작품도 명작이 아니면 탈고시키지 않겠다고 마음먹으라고 한다.

작가는 혼자서 열심히 책을 읽고 다른 작가들의 작품을 따라 배우고 흉내 내면서 성장하기 때문에 주목받으려는 조급함을 이겨내야 한다. 김형수 작가가 이에 대해 염려하는 것은 관중 의식에 빠지게 되면 많이 팔리는 길, 독자의 눈에 먼저 띄는 것을 밝히게 되므로 문학다운 글을 쓰지 못한다는 것이다.

아울러 문학 원론에서 시작하여 시론, 소설론, 운율론, 문체론, 순수 이론, 문학사, 비평도 공부하라고 한다. 통찰하는 능력을 기르고 표현 역량을 갖추어야 전하고자 하는 바를 제대로 전달할 수 있기 때문이다.

문학은 인간 문제를 다룬다. 김형수 작가가 그렸던 문학적 이상과 발자취는 인간을 둘러싼 모든 것이 어우러진 예술이었다. '삶이 예술이 되는 시간'은 작가가 표현한 모든 언어가 숭고해 보일 만큼 설득력 있는 삶을 살아낼 때 경험할 수 있을 것이다. 김형수 작가의 삶과 문학에 대한 가치관을 엿볼 수 있는 이 책은 글 쓰는 이들에게 수준 높은 작가 수업이 될 것이다.

전략적 에세이 쓰기

김효선

이수경

처음 에세이 쓰기에 관심을 가지게 된 것은 내 이야
기를 하고 싶었기 때문이다. 가족이나 친구에게도
충분히 할 수 없었던 내밀한 감정을 글로 풀어내고
싶은 마음이 컸다. 자전적 에세이를 쓰고 싶었지만,
여러 가지 걱정과 한계에 부딪혔다. 『전략적 에세
이 쓰기』의 작가 김효선은 1인 출판사를 운영하면
서 특기인 '분석과 도출'이라는 방법을 통해 에세이
쓰기의 효율적인 전략을 제시하고 있다.

　에세이는 혼자 보는 일기와는 달리 독자를 대

상으로 하는 글이다. 저자는 일기 같은 나의 이야기를 에세이로 바꾸려면, 의미 있거나 재미있거나 둘을 혼합하여 구성해야 한다고 말한다. 이러한 '의미화'의 과정은 단시간에 이루어지는 것이 아니다. 의미 있는 글을 쓰려면 세상을 깊이 바라보고 성찰하여 자신만의 관점이나 철학이 정립되어 있어야 한다. 자신의 이야기가 읽는 사람에게 어떤 의미와 공감, 위로와 교훈 등을 줄 수 있을지 작가는 고민해야 한다.

메시지를 주면서 재미도 있다면 금상첨화다. 흥미로운 글이 되기 위해 저자는 '소설처럼 쓰기'를 제안한다. 시각적인 장면 묘사, 적절한 비유, 물 흐르듯 매끄럽게 이어지는 서사 등 소설의 느낌을 주면 에세이에 몰입하기 쉽다고 한다.

흔히 에세이는 붓 가는 대로 자유롭게 쓴 무형식의 글이라고 한다. 하지만, 저자는 문장 하나를 잘 쓰는 사람보다 구성을 잘 엮는 사람이 매력적인 책을 만든다고 강조한다. 주제에 맞는 형식을 찾아 구성하고, 글의 방향과 경로를 설정하면 좋다고 한다.

초보 작가는 자신의 이야기를 쓰고 싶지만 '누가 내 이야기를 읽겠어? 관심이나 있을까?' 하는 생각이 들 수 있다. 이때 우리는 예상 독자를 분석하고 책을 쓸 필요가 있다. 나와 비슷한 경험을 한 사람이나 같은 고민에 빠진 사람이 공감할 수 있는 글을 쓰고, 구체적인 독자를 예상하고 차별화된 콘셉트로 구성하면 된다고 한다.

글은 '쥐어 짜내는 것이 아니라 흘러넘쳐야' 한다는 저자의 말을 읽고 무릎을 탁 쳤다. 글을 몇 줄 쓰다 행간이 강처럼 넓어지고 모니터가 벽처럼 확대되는 것 같을 때가 있었다. 쓰고 싶은 이야기는 많은데 자꾸 가로막히고 스트레스를 받은 이유는 내 안에 글이 마른 개울처럼 흘렀기 때문이었다. 저자는 사람을 만나 인터뷰하고 자료조사도 하고 독서와 성찰을 하며 내 안에 글감이 흘러넘치도록 기다리는 것도 글을 쓰는 과정이라고 한다. 쓰고 싶은 글이 있지만 아직 설익었다 느껴진다면 잠시 유보하고, 지금 내가 쓸 수 있는 글을 시작하는 것도 필요하다.

김효선 작가의 책을 읽으며 나만의 에세이 책을 쓰기 위한 실질적인 전략을 살펴볼 수 있었다. 에세이라 쉽게 접근하고, 내가 쓰고 싶은 글만 쓰면 안 된다는 걸 다시 한번 느꼈다. 글을 쓴다는 것과 책 한 권을 쓴다는 것은 전혀 다른 문제일지도 모른다.

에세이는 소설이 아니다. 독자의 공감을 이끌고 감동을 주는 것은 결국 작가의 진정성과 솔직함이다. 칭찬받기 위해 거짓을 지어내거나 화려한 미사여구로 치장한 글보다 투박하지만 담백하고 진솔한 글이 진정한 에세이다. 진심은 작가를 배신하지 않고 독자에게도 전해지리라 믿는다.

오나이쓰!

김민

강민주

몇 년 전 본격적인 작가의 길을 걷겠다고 마음먹은 순간부터 나에게는 '진실의 거울'이 생겼다. 이 특별한 물건은 감히 범접하기 어려울 정도로 잘 쓴 글들을 보여주며 질투와 좌절감을 안겨주기도 했고, '어제보다 오늘 글이 괜찮네'라며 매일 글쓰기를 독려하기도 했다. 그 덕에 나만의 글을 차곡차곡 쌓을 수 있었다. 그런데 챗GPT를 이용해 글을 쓴다는 지인을 만나고 난 이후부터 진실의 거울은 조금씩 균열을 보이기 시작했다. 10분이면 AI를 이용해 글 한 편 뚝딱 완성된다고 웃던 그를 떠올리며 그동안 해온 수많은 시간과 노력은 한낱 헛발질이 된 것 같아

허무해졌다. 이제는 잘 쓰는 사람들뿐만 아니라 인공지능과도 글쓰기를 경쟁해야 할 때인가? 침통한 마음이 나의 하루를 매일 같이 감싸던 어느 날, 지름길보다는 글쓴이의 꾸준한 노력과 성장에 대해 말하는 김민의 글쓰기 작법서 『오나이쓰! : 오늘 나의 이야기를 쓰다』가 운명처럼 다가왔다.

총 93편의 목차로 이루어진 이 책은 페이지마다 글을 쓸 수 있는 영감과 매일 할 수 있는 글쓰기 훈련법을 제시하고 있다. '트레이닝 Step 1, 2, 3(...) 93'이라는 제목을 달아 글을 쓰고 싶은 사람들을 위한 자습서라는 착각이 든다. 굵직한 글자의 소제목들만 보고 그저 그런 글쓰기를 위한 책인 것 같아 설렁설렁 페이지를 넘겼던 심드렁한 손놀림은 '트레이닝 Step 8 : 제목은 구조 신호다'라는 부분을 보면서부터 조금씩 느려졌다. 그동안 글 제목 짓기에 고심했던 기억을 되살리며 "쓰는 순간 이야기는 태어나지만, 책은 읽혀야만 살아남아요. 제목은 구조

신호예요."(도서출판 이곳, 2022, 37쪽)라는 부분을 읽으며 고개가 연신 끄덕여졌다. 공감 가는 부분을 찾고 보니 이 책의 내용들이 조금씩 특별하게 다가왔다. 작가가 되고 싶은 이들이라면 누구나 공감할 만한 매일 글쓰기의 괴로움, 소재의 고갈, 있어 보이는 글을 쓰고 싶은 욕심, 바쁜 일상에서 매일 본인의 삶을 기록하고 자기 이야기를 계속 써야 하는 이유를 기록한 부분은 글 쓰는 이들을 위로하고 격려한다.

저자는 '작가'라는 단어를 사전적인 의미의 명사가 아니라 동사로 새롭게 지칭한다. 책은 여러 장에 걸쳐서 작가의 의미를 심도 있게 전하고 있다. 저자에게 있어 작가는 일반적으로 생각하는 책이 많이 팔린 사람, 이름 높은 문학상을 많이 받은 이들이 아니다. 그는 작가를 어떤 형식으로든 매일 글을 쓰는 사람이라고 정의한다. "하루 종일 일하고 돌아와 지친 몸을 일으켜 한 줄이라도"(도서출판 이곳, 2022, 71쪽) 쓰는 사람, "누군가 읽어 주기를 간절히 소망하면서"(도서출판 이곳, 2022, 136쪽) 글을 쓰는 이, 지름길이 아니라 "펜 한 자루를 쥐고 어둠 속으로 한 걸음씩 전진하는"(도서출판 이곳, 2022, 226쪽) 사람이 바로 작가라고 말한다. 인공지능을 이용해 누구나 쉽고 빠르게 글을 만들 수 있는 시대에서 묵묵히 자기 삶을 기록할 줄 아는 이로 작가의 정의가 바뀌어야 한다는 그의 주장이 새롭다.

그럼에도 평범한 인간보다 글을 더 잘 쓰는 인공지능이 탄생한 시점에 왜 굳이 본인의 지루한 글쓰기를 지속해야 할지에 대한 의문은 여전히 남는다. 저자가 집중하는 또 다른 화두, '글쓰기 의미'가 이에 대한 해답이 될 수 있다. 『오나이쓰! : 오늘 나의 이야기를 쓰다』의 제목과 부제는 '삶을 바꾸는 글쓰기의 힘'이다. 그는 프롤로그의 끝에서 '오늘 나를 위해 쓰세요'라고 당부하며 글 쓰는 이의 첫 시작은 남이 아닌 본인을 위한 글쓰기가 되어야 한다고 주장한다. 저자는 "글쓰기는 지속하면 있는 그대로의 자신을 받아들일 수"(도서출판 이곳, 2022, 97쪽) 있고, 나를 위해 쓴 꾸준한 시간은 나를 위한 바다가 되어 더 나은 곳을 향해 나아가게 해 줄 것이라 말한다. 그의 주장처럼 인간에게 있어 글쓰기는 단순히 아름답고 멋진 글의 향연만이 아니다. 사람은 글을 쓰면서 본인의 삶을 되돌아보고 다시 일어날 힘을 얻는다. 화려하고 독특한 문체로 삶을 기록하지 않아도 다른 이들이 본인의 글을 알아주지 않아도 그저 쓰는 행위만으로 위안을 얻고 다시 살아갈 희망을 찾는 이들이 많은 이유이다. 이렇게 자신의 일상사를 담고 경험을 기록하고 삶의 궤적을 솔직하게 남기는 일은 다른 누구도 아닌 나만이 할 수 있는 일이다.

2022년 12월에 오픈AI사가 챗GPT를 공개한 이후 인공지능이 인간 사회를 점령할지 아니면 인간이 AI를 굴복시킬지 알 수 없는 미래에 관한 추측으로 더욱 시끄러워지고 있다. 그럴수록 글쓰기를 통한 훈련과 경험을 통해 '나'를 찾고 '나다움'을 유지하는 일이 더욱 중요해졌다. 『오나이쓰! : 오늘 나의 이야기를 쓰다』는 글쓰기 열망을 지닌 작가 지망생뿐만 아니라 소소한 일상의 행복을 추구하고 기록하고 싶은 이들에게 큰 도움이 되는 책이다. 총 93편의 다양한 글쓰기 지침들을 통해 누구나 쉽고 편하게 글쓰기 훈련을 할 수 있는 구성은 큰 장점이다. 하지만 '소설 창작' 등과 같은 좀 더 심도 있는 전문 분야의 체계적인 글쓰기 훈련법을 원하는 작가 지망생들에게는 조금 아쉽게 느껴질 수 있다. 그럼에도 고된 일상으로 글쓰기의 기쁨을 잃은 사람들이라면, 나만의 소소한 일상을 기록하고 싶은 이들이라면 당장 이 책을 펼치길 바란다. '오 나이쓰!' 라고 외칠 수 있을 만큼 나만의 글쓰기 비법을 발견할 수 있을 테니 말이다. 빠른 결과물보다는 글쓰기로 우직하고 나만의 삶을 찾고 싶은 이들에게 권한다.

밤호수의 에세이 클럽 임수진

오신나

자신만의 색깔이 드러난 글을 쓰면서도 감동을 주는 글, 한 번 읽고 마는 글이 아니라 다시 또 읽히고 싶은 글, 읽으면 읽을수록 여운이 남아 독자들의 마음이 따뜻해지는 글을 쓰고 싶은 마음은 글 쓰는 사람들의 공통적인 소망일 것이다. 나아가 어깨를 나란히 하며 오래오래 함께 쓸 수 있는 글동무가 있다면 얼마나 좋을까. 글 쓰는 이들의 이런 바람에 응답하는 책이 나왔다. 『밤호수의 에세이 클럽』이다.

  이 책의 저자는 말한다. 글을 쓰려는 욕구는 인

간의 자연스러운 욕구이자 먹고 자는 것보다는 차원 높은 단계의 본능이라고. 저자의 말대로 글 쓰는 행위가 인간의 본능이라고 한다면 그다음엔 '어떻게 본능에 충실할 것인가'라는 질문이 우리를 기다린다. 시, 소설, 수필, 희곡 등 어느 장르를 선택해서 글을 쓸 것인지 고민하는 것은 거시적 방법론일 테지만, 『밤호수의 에세이 클럽』에서는 진짜 내 이야기로 좋은 에세이 쓰기라는 미시적 방법론을 제시하고 있다.

글쓰기에 진심인 저자는 에세이를 삼각형의 꼭짓점으로 표현했다. 첫째는 나에게서 너에게로 가는 꼭짓점, 둘째는 독자를 고려하며 쓰는 글의 꼭짓점. 셋째는 좋은 표현과 구성이 있는 꼭짓점이다. 이 삼각형의 중심점에는 공감의 카타르시스를 향해 가는 글로 마무리되는데, 삼각형의 모든 꼭짓점에서 만나는 곳이 결국에는 공감으로 이어지는 감정의 소통이라고 했다.

정해진 형식과 규칙 없는 에세이는 누구나 시도하기 쉬운 글쓰기 분야이다. 하지만, 실제로는 쓰기 어려운 글이기도 하다. 저자는 에세이를 잘 쓰려면 '사소한 것들로 글쓰기', '순간을 영원처럼 묘사하기', '글 전체의 코어 힘 기르기', '글의 디테일은 살리되 모든 정보를 알려야 한다는 강박관념 버리기', '억지 마무리 메시지 넣지 않기', '자연스럽게 단락 연결하기'를 신경 쓰라고 한다. 아울러 문장 다듬기가 중요하며 깔끔하고 쉬운 문장 사용을 권장한다. 저자가 제시하는 방법을 따라 쓰다 보면 멋진 에세이 한 편이 뚝딱 완성될 것 같다.

에세이를 쓰다 보면 나와 연결된 주변 등장인물과 내 의견을 어디까지 솔직하게 드러내야 하는지 고민할 때가 있다. 다른 사람의 시선이나 평가가 신경 쓰이기 때문이다. 저자는 글을 공개할 때 느끼는 두려움의 종류와 해결 방법을 제시하면서 에세이의 필수 요소인 솔직함과 진실함에 대해서 독자가 어떻게 느끼고 생각하는지 알려준다. 저자의 조언에 에세이를 쓰면서 느끼는 두려움과 직면할 수 있었고 한발 더 나아갈 수 있는 용기를 얻었다.

글쓰기 모임이나 플랫폼을 통해 글을 쓰다 보면 출간의 유혹을 느낀다. 하지만 대부분 막연하게 생각만 할 뿐 구체적으로 '왜, 무엇을, 어떻게' 해야 할지 몰라 허둥댄다. 저자는 책 내는 다양한 방식을 설명하면서 요즘은 책 내는 일이 어렵지 않다고 해도 대충 빨리 내려 하지 말고 최선을 다해 준비하라고 부탁한다. 저자의 당부를 통해 출간 여부와 관계없이 글에 대한 가치와 책임, 작가의 자존심에 대해서 생각해 볼 수 있었다.

에세이는 다양한 글감으로 쓸 수 있다. 그렇다고 해도 하나의 콘텐츠로 글을 쓰라고 저자는 당부한다. 꼭 책이 되지 않는 글이더라도 콘텐츠는 나만의 지적 재산이며 독창적인 무기라는 것이다. 콘텐츠를 만들기 위해서는 글을 쓰기 전에 목차를 구성해야 한다. 저자는 자신의 친구와 에세이 클럽 회원의 사례를 소개하며 콘텐츠 만드는 일, 글의 목차 구성하는 방법을 소개하고 있다. 목차만 읽어도 저자가 무엇을 이야기하고 싶은지 알 수 있기에 콘텐츠 만드는데 목차 구성은 정말 중요한 것 같다.

글쓰기는 고독한 작업이다. 글을 쓰고 싶은데 진도가 나가지 않으면 번민의 밤은 깊어간다. 이럴 때 연대할 사람이 있어 서로 격려하며 나간다면 외롭지 않을 것이다. 에세이 클럽을 이끌어 오고 있는 저자가 무엇보다 중요하게 생각하고 있는 점은 지지와 공감을 통해 수강생들이 잠재력을 발휘하게 하는 일이다. 아울러 함께 글 쓰는 관계의 끈을 이용해 상호작용의 과정을 활용하도록 돕는 것이다. 밤호수의 에세이 클럽에서 임수진 작가는 누구보다 다정하고 열렬한 첫 번째 독자가 되어 주고 선생님이자 친구가 되어 준다.

저자는 좋은 글을 쓰기 위해 불철주야 고민하느라 요즘 흰머리가 부쩍 늘어나서 눈물이 날 지경이라고 한다. 그렇다고 하더라도 더 좋은 문장을 쓸 수 있다면 검은 머리뿐 아니라 영혼이라도 팔겠다고 다짐하는 그녀의 각오야말로 아름답지 않은가.

궁극적으로 글쓰기란

작품을 읽는 이들의 삶을 풍요롭게 하고

아울러 작가 자신의 삶도 풍요롭게 해준다.

글쓰기의 목적은

살아남고 이겨내고

일어서는 것이다.

행복해지는 것이다.

- 스티븐 킹의 '유혹하는 글쓰기'에서 -

계속 쓰는 이유

나를 사랑하는 방법 중 하나가 글쓰기라는 것을 알게 된 후 글을 쓰고 있다. 내 글을 보며 마음이 일렁이고, 행동하는 사람이 당신이 된다면 더없이 큰 기쁨일 것이다. 함께 글을 쓰고 있는 벗들에게 감사드린다.

고선애

예전에는 재능이 있어야 글을 잘 쓸 수 있다고 믿었다. 그래서 멋진 글을 쓸 자신이 없으면 차라리 안 쓰는 것이 낫다고 생각했다. 대가들의 글쓰기 고민과 노력이 담긴 책을 한 편씩 도장 깨듯 읽고 나니, 글쓰기는 재능이 아니라 지속적인 노력의 힘으로 쓴다는 것을 다시금 깨닫는다. 어쩌면 읽고 쓰는 행위는 세상을 향한 겸손의 깨달음을 밝혀주는 길이 아닐까? 요즘 들어 문우들의 글, 선배 작가들의 글을 읽으며 뻣뻣했던 내 고개가 점점 숙여진다.

강민주

나와 같은 부류의 아마추어 글쟁이들이 둥지에 모여 글을 쓰고 있다. 철이 철을 날카롭게 하듯이 우리는 서로 두드리고 쪼고 깨면서 글 매무새를 가다듬고 있다. 때로는 이전보다 맷돌에 갈린 쌀가루처럼 고와진 글을 보며 웃기도 한다. 정과 끌이 되어준 오신나 문우들에게 고마운 마음을 전하며, 이 책이 나올 수 있도록 글쓰기 방법론을 펴낸 선배 작가님들에게 머리 숙여 감사드린다.

김경희

내가 누구인지, 나를 사랑하기 위해 무엇을 해야 할지, 타인의 마음을 이해하는 방법은 무엇일지. 모든 질문의 답은 글동무들과 함께 읽었던 책 속에 있었다. 그건 바로 '꾸준한 글쓰기'이다. 이제 내가 할 일은 함께한 그녀들과 실천하는 것뿐이다.

신주희

뭐든 꾸준히 하는 게 제일이다. 글도 매일 쓰면 확실히 좋아진다. 하지만 글 쓰는 일이 쉽지 않다는 것을 알기에 글쓰기 책을 읽으며 다짐한다. 일주일에 한 번이라도 쓰기 위해 노력하고 있다. 이런 습관은 앞으로도 꾸준히 이어가고 싶다. 책과 문우들이 함께 하기에 희망이 있다. 오늘도 닥치고 글쓰기를 외치며 노트북 전원을 누른다.

이명희

글을 쓰고 싶은 마음으로 충만해지다가도 금세 꺾이곤 했다. 세상살이의 바쁨과 위대한 작가의 글 앞에서 쓰고자 하는 마음은 작아지기 일쑤였다. 글쓰기에 관련된 여러 책을 읽으며 행복했다. 내가 얻은 것은 글쓰기의 소소한 기술이 아니라 진정한 작가의 마음가짐이 아닐까. 오늘도 나약해지는 마음을 부여잡고 글을 쓰고 싶다.

이수경

처음에는 그저 취미의 한 방편이었던 글쓰기가 어느덧 내 삶에 깊숙이 자리 잡았다. 쓰는 일이 귀찮고 힘들게 느껴질 때도 있지만 계속 써야 하는 이유가 여러 글쓰기 책을 읽으며 더욱 명확해졌다. 쓰는 사람으로 발자취를 남길 수 있어서, 그 길에 함께하는 문우들이 있어서 감사하다.

전옥랑

참고 도서

《나는 왜 쓰는가》, 조지 오웰/이한중 옮김, 한겨레출판, 2010

《어른의 문해력》, 김선영, 블랙피쉬, 2022

《단편소설 쓰기의 모든 것》, 데이먼 나이트/정아영 옮김, 다른, 2017

《묘사의 힘》, 샌드라 거스/지여울 옮김, 월북, 2021

《글쓰기의 최전선》, 은유, 메멘토, 2022

《이렇게 작가가 되었습니다》, 정아은, 마름모, 2023

《시의 쓸모》, 원재훈, 사무사책방, 2021

《글을 쓰고 싶다면》, 브렌다 유랜드/이경숙 옮김, 엑스북스, 2016

《유혹하는 글쓰기》, 스티븐 킹/김진준 옮김, 김영사, 2017

《글은 어떻게 삶이 되는가》, 김종원, 서사원, 2023

《소설창작수업》, 최옥정, 푸른영토, 2024

《닥치고 글쓰기》, 황상열, 바이북스, 2021

《나는 말하듯이 쓴다》, 강원국, 위즈덤하우스, 2025

《쓰기의 감각》, 앤 라모트/최재경 옮김, 웅진지식하우스, 2018

《당신은 이미 소설을 쓰기 시작했다》, 이승우, 마음산책, 2019

《읽고 생각하고 쓰다》, 송숙희, 교보문고, 2011

《쓰는 기분》, 박연준, 현암사, 2021

《시처럼 쓰는 법》, 재클린 서스킨/지소강 옮김, 글담출판사, 2021

《기자의 글쓰기》, 박종인, 와이즈맵, 2023

《내가 읽고 싶은 걸 쓰면 된다》, 다나카 히로노부/ 박정임 옮김,
인플루엔셜, 2024

《헤밍웨이, 글쓰기의 발견》, 어니스트 헤밍웨이/박정례 옮김,
스마트비즈니스, 2024

《뼛속까지 내려가서 써라》, 나탈리 골드버그/권경희 옮김, 한문화, 2018

《365일 작가연습》, 주디 리브스/김민수 옮김, 스토리유, 2012

《끝까지 쓰는 용기》, 정여울, 김영사, 2021

《유시민의 글쓰기 특강》, 유시민, 생각의길, 2015

《퇴고의 힘》, 맷 벨/김민수 옮김, 월북, 2023

《결국 글은 쓰는것이 아니라 다듬는 것입니다》,
야마구치 다쿠로/조윤희 옮김, 사이, 2019

《삶은 언제 예술이 되는가》, 김형수, 아시아, 2014

《소설의 기술》, 밀란 쿤데라/권오룡 옮김, 민음사, 2013

《전략적 에세이 쓰기》, 김효선, 북샤인, 2023

《오나이쓰》, 김민, 도서출판 이곳, 2022

《밤호수의 에세이 클럽》, 임수진, 엑스북스, 2025

나를 홀리는 글쓰기 32

2025년 6월 18일 초판 1쇄 발행

글 고선애, 강민주, 김경희, 신주희, 이명희, 이수경, 전옥랑
일러스트 이가은 (갸니 리) 인스타그램 @ganylee_
발행인 박윤희

기획 오신나 **편집** 김경희 **발행처** 도서출판 이곳
디자인 디자인스튜디오 이곳 **등록** 2018. 10. 8 신고번호 제2018-000118호
이메일 bookndesign@daum.net **홈페이지** https://bookndesign.com
팩스 0504.062.2548 **블로그** blog.naver.com/designit
인스타그램 @book_n_design

저작권자 © 고선애, 강민주, 김경희, 신주희, 이명희, 이수경, 전옥랑 2025
ISBN 979-11-93519-28-8(03800)

도서출판 이곳
우리는 단순히 책을 만들지 않습니다.
작가와 책이 마주치는 이곳에서 끊임없이 나음을 넘어 다름을 생각합니다.